ed Pfanne, genannt Blacky, ehemaliges
s der Hehlerbranche mit einer Vorliebe
ür schwarze Kleidung. Leidenschaftlicher
Koch.

Bodo Brocken, genannt Bodo der Bomber, besitzt Bärenkräfte und kann keiner Fliege etwas zuleide tun.

Kommissar Nagel, genannt Kommissar
Klicker, weil sein Glatzkopf wie eine Kugel
euchtet. Er hat einen untrüglichen Instinkt
für dunkle Geschäfte.

Dieses SchneiderBuch gehört
Geschenkt von

Rainer M. Schröder

KOMMISSAR KLICKER

Kennwort: Lukas Lollipop

ILLUSTRIERT VON ERICH HÖLLE

Schneider-Buch

Inhalt

Keine Bewegung!

Der Überfall auf die Sparkassenfiliale in Rottbach geschah am späten Nachmittag eines heißen Augusttages. In der Schalterhalle hielten sich nur vier Kunden auf: ein älteres Ehepaar, das sich nicht einig werden konnte, ob es nun südafrikanische oder kanadische Goldmünzen kaufen sollte, eine zierliche alte Dame, die ihr graues Haar streng nach hinten gekämmt und zu einem Dutt gesteckt hatte, und Rudolf Lotz, ein schwergewichtiger Bursche, der verblüffend viel Ähnlichkeit mit einem aufgedunsenen Hefekloß besaß.

Wie kleine Rosinen, die jemand in den wabbeligen Kloß gedrückt hatte, saßen die Augen in seinem rotfleckigen, von zuviel Biergenuß aufgeschwemmten Gesicht. Seine Nase war um einiges zu klein und zu platt geraten, und seine Lippen zu groß.

Rudolf Lotz, der bei gewissen Leuten besser unter dem Namen Rudi Rotz bekannt war, machte seinem Spitznamen alle Ehre. Er hatte sich wieder mal eine Erkältung zugezogen. Ihm lief die

Nase, und ständig mußte er niesen.

„Haaatschi!“ schallte es durch die Schalterhalle, gefolgt von vier weiteren Niesern, die jedoch bedeutend gedämpfter ausfielen. Er hatte schnell ein Taschentuch, das beinahe die Größe einer Zeltplane hatte, aus der Tasche seiner ausgebeulten Kordhose gezogen. Unter fünfmal niesen machte er es meist nicht.

„Gesundheit!“ rief die alte Frau mit einem scharfen, mißbilligenden Unterton in der Stimme. „Strenge Diät und täglich drei Löffel Bienenpollen, und Sie werden vielleicht mal so alt wie meine jüngere Schwester – möge sie in Frieden ruhen!“

Rudi Rotz warf ihr einen grimmigen Blick zu, erwiderte jedoch nichts. Er stand an dem kleinen Schreibpult und kritzelte etwas auf ein Überweisungsformular. Schweiß rann ihm über das schwammige Gesicht mit der Stummelnase. Dabei war es angenehm kühl in der Schalterhalle.

Die Tür hinter ihm wurde aufgestoßen.

Rudi Rotz drehte sich ein wenig um.

Das war er!

Der Mann, der die Sparkasse soeben betreten hatte, war für diese Jahreszeit ganz unpassend gekleidet. Obwohl am Himmel weit und breit nicht eine einzige Wolke zu entdecken war, trug er einen vergammelten Regenmantel mit hochgeschlagenem Kragen sowie Handschuhe und einen grauen Filzhut, unter dem braunes, strohiges Haar hervorquoll. Der Mann hatte buschige Brauen, einen Schnurrbart und verbarg seine Augenpartie hinter einer altmodischen Sonnenbrille.

Er ging zum Kassenschalter – und hielt plötzlich eine Pistole in der Hand. „Das ist ein Überfall! Keine Bewegung!“ rief er den beiden Bankangestellten mit schneidender Stimme zu. „Wagen Sie es bloß nicht, den Alarmknopf zu berühren!“ Er zerrte eine Plastiktüte aus der Manteltasche und warf sie dem jungen Mann an der Kasse zu. „Los, rein mit dem Schotter! Aber ein bißchen plötzlich! Außer diesem Bubi rührt sich hier keiner von der Stelle – sonst knallt es!“ Er machte eine schnelle Drehung, so daß die Pistolenmündung von dem Ehepaar über die alte Frau zu Rudi Rotz und zurück zum Kassierer schwenkte.

Die beiden Angestellten waren vor Schreck wie gelähmt. Das Blut wich aus ihren Gesichtern, leichenblaß starrten sie auf den Bankräuber.

„Na los, greif ins volle, Zahlmeister!“ herrschte der Gangster den Kassierer an. „Oder soll ich dir erst mit ein paar Kugeln Beine machen?“

„N...n...nein“, stammelte der junge Bankangestellte, griff nun schnell nach der Plastiktüte und begann mit zitternden Händen Geldbündel hineinzustopfen.

Die alte Frau war nicht weniger erschrocken. Doch ihre Empörung war größer als ihre Angst. „Sie unverschämter Lümmel! Sich an unserem Ersparten zu vergreifen!“ stieß sie hervor und hob drohend ihren knorrigen Spazierstock.

„Spiel nicht mit deiner Rente, Oma!“ warnte der Gangster und richtete seine Waffe auf sie.

Rudi Rotz war mit einem Satz bei ihr. „Um Himmels willen, halten Sie sich da heraus!“ rief er. „Sie bringen sich sonst noch ins Grab!“

„Ich weiß schon, was ich tue!“ zischte die alte Frau und stampfte in ohnmächtigem Zorn auf. Dann funkelte sie Rudi Rotz, der sie noch immer an den Schultern festhielt, aufgebracht an. „Nehmen Sie Ihre schweißigen Patschhände von meiner Bluse! Und dem Grab sind Sie viel näher als ich, wenn Sie nicht bald anfangen, weniger in sich hineinzustopfen!“

Rudi Rotz schob die Frau etwas unsanft zurück und murmelte dabei etwas, das wie „senile alte Schachtel“ klang.

Der Bankräuber trieb den Kassierer indessen zur Eile an. „Bißchen flotter, Mann! Das hier ist keine Beamtenprüfung, wo du zwei Stunden aus dem Fenster schauen mußt, ohne zu denken! Rein mit dem Schotter in die Wundertüte! Tu dir bloß keinen Zwang an, ich nehm’ nicht nur die großen Lappen! So, und jetzt rüber mit der Knete!“ Er riß dem total verängstigten Bankangestellten die Einkaufstüte aus der Hand und wollte die Flucht antreten.

In dem Moment handelte Rudi Rotz. Er stürzte sich auf den Bankräuber und schlug mit der Faust nach ihm. Der Gangster taumelte zurück. Die Pistole wurde ihm aus der Hand geprellt und schlitterte über den Boden.

„Dir werde ich es zeigen, uns mit ’ner Knarre zu bedrohen, Freundchen!“ keuchte der Dicke.

Der Bankräuber verlor das Gleichgewicht. Der Hut flog ihm vom Kopf und mit ihm die Perücke. Darunter kam ein Glatzkopf zum Vorschein.

Der Gangster fluchte, rappelte sich auf und versetzte seinem Angreifer einen wuchtigen Schlag vor die Brust, so daß Rudi Rotz der Atem wegblieb.

„Auf ihn!“ rief die alte Frau mit hoher Stimme und wollte Rudi Rotz zu Hilfe eilen. Sie schwang ihren Spazierstock wie eine Keule. „Her mit dem Geld!“

„Lassen Sie mich das machen!“ schrie Rudi Rotz, verstellte ihr den Weg und fing ihren Schlag mit dem Arm ab. Er brüllte auf vor Schmerz.

„Aus dem Weg!“ zeterte die Alte.

Der Bankräuber nutzte die Chance und stürmte aus der Sparkasse. Kaum war er durch die Tür, als auch schon die Alarmsirene aufheulte.

„Sie Trottel!“ schimpfte die alte Frau wütend. „Wir hätten ihn überwältigen können, wenn Sie sich nicht so dämlich angestellt hätten. Jetzt ist er entkommen! Und das ist allein Ihre Schuld, Sie... Sie... Sie hirnloser Knödel!“

Rudi Rotz schluckte schwer. „Lassen Sie mich in Ruhe! Ich hab’ getan, was ich konnte“, verteidigte er sich mit schniefender Nase.

„Ach was!“ fauchte die alte Dame verächtlich. „Vermasselt haben Sie alles, Sie... Sie Nase!“

Als die Polizei wenig später eintraf, war von dem Bankräuber weit und breit keine Spur mehr. Doch die Männer bekamen eine sehr gute Personenbeschreibung des Täters.

Al Capone greift zu

„Kommt ja gar nicht in die Tüte!" erklärte Blacky in der Küche des *Park-Hotels* energisch und knallte den Deckel mit einem lauten Scheppern auf die Bratpfanne. „Ich denke überhaupt nicht daran, den Speiseplan wegen deiner Tussi schon wieder zu ändern!"

„Tussi?" wiederholte Heiner von Hohenschlaufe pikiert und mit einer ärgerlichen Falte auf der Stirn. Der Baron von eigenen Gnaden schnippte ein nicht vorhandenes Staubkorn vom Revers seines eleganten, hellen Sommeranzuges und wies seinen Freund mit der ihm eigenen, hochtrabenden Art zurecht: „Diese respektlose Bezeichnung für Fräulein Marie-Luise Glubsch möchte ich doch, bei aller Freundschaft, mein lieber Blacky, überhört haben!"

„Du kannst überhören, was du willst. Das ist mir schnurzegal. Aber einen Maulkorb lasse ich mir von dir nicht anlegen!" erregte sich Blacky, das ehemalige Hehler-As von Steinenbrück. Er war ja gewöhnlich ein sehr verträglicher Mensch und kam auch mit dem Baron sonst gut zurecht. Doch wenn ihm jemand in die Führung der Hotelküche und in die Zusammenstellung der Speisekarte reinzureden versuchte, geriet er schnell auf hundertachtzig.

„Deine Sprache läßt zu wünschen übrig, Blacky!" erwiderte der Baron steif. „Es geziemt sich nicht, von einem unserer Gäste in einer derart ungebührlichen Art und Weise zu reden!"

„Ich rede, wie mir der Schnabel gewachsen ist. Und diese Glubsch ist eine Tusnelda, wie sie im Buche steht." Blacky geriet jetzt richtig in Fahrt. Fast zwei Wochen hatte er sich diese Tändelei zwischen dem Baron und dieser Glubsch von Zimmer 18 schon angesehen. Jetzt wurde es Zeit, daß er ihm mal die Meinung geigte.

„Du mußt nicht ganz bei Trost sein, daß ausgerechnet du so einer Zicke schöne Augen machst. Als du noch als Hochstapler und

Falschspieler Europas Kurorte und Spielkasinos unsicher gemacht hast, hätte ich dir so eine Geschmacksverirrung ja noch verziehen. Geschäft ist nun mal Geschäft. Aber die Zeiten sind vorbei. Wir führen hier ein solides Hotel, und da ist diese aufgedonnerte Glubsch so fehl am Platz wie ein ausgestopfter Uhu unter Kanarienvögeln!"

Der Baron richtete sich zu seiner vollen imposanten Größe auf. Mit dem eisgrauen Haar, dem gepflegten grauen Schnurrbart und seiner stets makellosen Kleidung gab er eine wirklich attraktive Erscheinung ab.

„Blacky, diesen Ton verbitte ich mir! Mit diesen unqualifizierten Ausfällen, die einen erschreckenden Mangel an Urteilsvermögen und Benehmen offenkundig werden lassen, setzt du unsere Freundschaft aufs Spiel!" protestierte der Baron.

Bevor Blacky etwas erwidern konnte, wurde die Schwingtür aufgestoßen. Bodo der Bomber, groß und breit wie ein Kleiderschrank, trat in die Küche. Seinen geliebten schwarzen Kater Al Capone im Arm und seinen anderen Schützling und Liebling, die Gans Gertrude, an der Leine.

„Hab' ich Spiel gehört?" fragte Bodo ahnungslos und mit einem fröhlichen Lächeln auf dem breiten Gesicht. Und unbekümmert sprudelte er los: „Das trifft sich gut. Mir ist jetzt auch nach einem Spiel zumute. Richtig langweilig ist es in letzter Zeit. Was spielen wir denn?"

Blacky und der Baron blickten ihren Freund verblüfft an. „Was wir spielen?" knurrte Blacky gereizt. „Das kann ich dir sagen, Bodo! Wir spielen ‚Raus aus meiner Küche!'"

Bodo, der nicht gerade der Hellste war, strahlte freudig erregt. „Au fein! Das Spiel kenne ich noch nicht. Das macht bestimmt Spaß. Aber bevor wir damit anfangen: Hast du nicht vielleicht noch ein paar alte Kartoffelpuffer? Du weißt doch, wie leidenschaftlich gern Gertrude Kartoffelpuffer ißt." Und wie zur Bestätigung seiner Worte plusterte sich die Gans, die der tierliebe Bodo vor Blackys Fleischtöpfen gerettet hatte, auf, schlug mit ihren gestutzten Flügeln und gab ein lautes Geschnatter von sich.

„Mach, daß du mit deinem Zoo aus meiner Küche verschwindest, Bodo!“ donnerte Blacky und griff zum größten Holzlöffel, den er finden konnte. „Und das gilt auch für dich, Baron! Für heute habe ich von euren Extratouren genug!“

Bode blickte verdutzt drein. „Aber was wird denn nun aus unserem Spiel?“ fragte er enttäuscht.

„Raus!“ Blacky wies mit dem Kochlöffel auf die Tür.

„Nur unter Protest!“ sagte der Baron grimmig.

Al Capone sprang plötzlich von Bodos Arm. Er hatte die zarten Heringe gerochen, die Blacky auf einem Holzbrett filetiert hatte, bevor der Baron bei ihm in der Küche erschienen war. Mit einem eleganten Satz erreichte der Kater die Anrichte und krallte sich das dickste Heringsfilet.

Das brachte bei Blacky das Faß zum Überlaufen. Er explodierte. „Jetzt ist aber Feierabend!“ brüllte er außer sich. Der Kochlöffel zischte durch die Luft – und krachte auf die Stelle, wo Al Capone soeben noch gesessen und genüßlich seine scharfen Zähne in das zarte Heringsfilet geschlagen hatte. Blitzschnell war er, mit seiner Beute im Maul, von der Anrichte gesprungen und unter der Tür entwischt.

Blacky nahm die Verfolgung auf und stürmte aus der Küche, gefolgt von einem beleidigten Baron und einem völlig verstörten Bodo, der überhaupt nicht mehr durchblickte. „Ist das jetzt das neue Spiel ‚Raus aus der Küche‘ oder nicht?“ fragte er. Doch weder Blacky noch der Baron dachten auch nur im Traum daran, ihm darauf zu antworten.

Heilige Puderdose!

Al Capone flüchtete durch den Gang in die Hotelhalle und rettete sich zu Tino Tran auf die Rezeption. Der schmalbrüstige Tino, ehemals ein Meisterfälscher und wegen seiner vorstehenden Zähne Tino das Pferd genannt, blickte verwundert durch seine Nickelbrille.

„Habt ihr einen Sommerkoller?“ fragte er, als Blacky, Bodo und der Baron aus dem Flur gerannt kamen.

Al Capone saß auf der blankpolierten Platte neben dem Hauptbuch. Den Rest Hering hatte er schnell verspeist. Nun leckte er sich geradezu aufreizend ruhig die Pfoten.

„Räuber! Hinterhältiger Räuber!“ rief Blacky zornig und fuchtelte mit dem Löffel vor Al Capone herum, der sich davon aber nicht beeindrucken ließ. Ganz im Gegenteil. Er gähnte nur herzhaft und rollte sich dann ein.

Der Lärm in der Halle rief nun auch Carlo Canaletti auf den Plan. Er war ein bohnenstangenlanger, handtuchschmaler Bursche und früher einmal ein berühmt-berüchtigter Fassadenkletterer. Er konnte an spiegelglatten Hausfassaden hochsteigen, wie andere Leute Fahrstuhl fahren.

„Ist irgend etwas passiert?“ fragte er besorgt.

„Dieser verwöhnte Kater hat mir einen Hering geklaut!“ schimpfte Blacky.

„Blacky weigert sich, in der Gestaltung der Speisekarte ein wenig Flexibilität zu zeigen!“ beklagte sich der Baron.

Auch Bodo hatte Grund zu klagen. „Erst heißt es, wir spielen was zusammen, und dann will auf einmal keiner mehr was mit mir, Al Capone und Gertrude zu tun haben.“ Er schniefte, worauf Gertrude sich sogleich an sein Bein drängte und ihn mit ihrem Schnabel anstieß, als wollte sie ihn trösten.

Tino und Carlo sahen sich verdattert an.

„Ihr sei wohl alle nicht mehr ganz dicht! Ich glaube, es wird Zeit, daß Adi endlich zurückkommt“, sagte Carlo kopfschüttelnd.

„Mir ist jetzt nach frischer Luft zumute!“ erklärte Heiner von Hohenschlaufe und warf Blacky einen vorwurfsvollen Blick zu. „Dieser spießige, engstirnige Mief, der mir hier manchmal entgegenweht, läßt mich gelegentlich doch daran zweifeln, ob es wirklich eine so gute Idee war, von meiner steilen Solokarriere Abstand zu nehmen und zusammen mit euch die Führung dieses Hotels zu übernehmen!“

„Steile Solokarriere? Von wegen! Du warst völlig abgebrannt. Und der Smoking, den du anhattest, stammte aus dem Leihaus! Also red nicht so geschwollen daher“, meinte Carlo nüchtern.

„Wenn Adi der Trickser nicht die Idee gehabt hätte, das Ganovenleben an den Nagel zu hängen und das *Park-Hotel* zu übernehmen, wäre es um uns alle verdammt düster bestellt gewesen..., so wie Kommissar Klicker uns auf den Fersen war. Also Schluß jetzt mit der Streiterei. Wir sind ein Team, gute Freunde, und so bleibt es auch."

Blacky nickte. „Klar bleiben wir Freunde", versicherte er einlenkend. „Aber Eingriffe in meine Kompetenz als Koch kann ich nicht dulden!"

„Und ich verwehre mich mit aller Entschiedenheit gegen verbale Ausfälle gegen Marie-Luise Glubsch!" betonte der Baron noch einmal.

„Glubsch! Da hast du mir das richtige Stichwort geliefert, Baron!" rief Tino Tran, schlug das Hauptbuch auf und tippte auf eine Eintragung. „Wegen dieser Stöckeltucke..."

„Tino!" rief der Baron entrüstet.

„...wollte ich nämlich dringend mit dir reden", fuhr Tino unbeirrt fort. „Meinen Buchungen nach logiert sie nun schon zehn Tage bei uns und hat sich nicht gerade durch Sparsamkeit ausgezeichnet."

„Du solltest froh sein, auch mal einen Gast im Haus zu haben, der über einen ausgeprägten Geschmack verfügt und nicht kleinlich ist", hielt Heiner von Hohenschlaufe ihm entgegen.

„Aber bisher habe ich noch keine müde Mark von ihr zu sehen bekommen!" beklagte sich Tino. „Es ist die erklärte Politik unseres Hauses, der wir alle zugestimmt haben, daß die offenen Rechnungen spätestens nach einer Woche beglichen werden müssen. Doch sie hat nicht gezahlt!"

„Typisch kleinkarierte Krämerseele!" schnaubte der Baron.

Tino tippte ärgerlich auf das Hauptbuch, das ihm so heilig war wie einem Priester die Bibel. „Zweimal habe ich den ausstehenden Betrag schon angemahnt..."

„Welch eine Taktlosigkeit bei einer Dame von Welt!" empörte sich der Baron.

„...und heute zahlt sie, oder ich dreh' ihr den Hahn ab!" beendete Tino seinen Satz.

2 9497-6

Heiner starrte ihn ungläubig an. „Das wagst du nicht!"

„O ja!" versicherte Tino. „Was ausgemacht ist, ist ausgemacht!"

Bodo nickte. „Mhm, das klingt sehr überzeugend."

Carlo stieß Blacky an. „Schau mal, wer da angestöckelt kommt!" raunte er.

Blacky verzog das Gesicht zu einem breiten Grinsen. „Wenn man vom Teufel spricht..."

„Das paßt ja ausgezeichnet!" meinte Tino und machte eine entschlossene Miene. Er wollte es jetzt wissen. Entweder zahlte die Glubsch, oder aber er würde sie wegen Zechprellerei bei der Polizei anzeigen.

„Heilige Puderdose!" stieß Carlo mit gedämpfter Stimme hervor. Und er raunte Blacky zu: „Die Glubsch ist heute ja wieder mal bis zum Es-geht-nicht-mehr aufgedonnert!"

Marie-Luise Glubsch erregte in der Tat Aufmerksamkeit. Trotz ihrer vollschlanken Figur trug sie ein enganliegendes, langes Kleid, das mit glitzernden Pailletten besetzt war. Um den Hals hatte sie eine himbeerrote Federboa geschlungen. Und der weiße Hut, unter dem ihr wildgelocktes, platinblondes Haar hervorquoll, war so groß wie ein Wagenrad. Sie trug dünne, weiße Handschuhe, die ihr bis zu den Ellbogen reichten. In der linken Hand hielt sie eine lange, schwarze Zigarettenspitze, an deren Ende eine Zigarette mit rosa Deckblatt glühte.

Auf gefährlich hohen Stöckelschuhen stolzierte sie auf die Gruppe zu, die vor der Rezeption stand. Sie verzog das stark geschminkte Gesicht zu einem Lächeln, nickte den Männern gönnerhaft zu und deutete dann mit ihrer Zigarettenspitze auf Bodo.

„Hol mir schon mal den Lift runter, Kleiner", forderte sie ihn mit rauchiger Stimme auf, die zu ihren herben Gesichtszügen paßte.

Heiner von Hohenschlaufe nahm Haltung an. „Ich hoffe, Sie hatten einen angenehmen Tag, gnädige Frau."

„Angenehm, aber dennoch anstrengend, mein lieber Baron", antwortete sie geziert und seufzte. „Ich werde mir ein wenig Ruhe gönnen. Sie wissen ja, meine leidige Migräne."

„Wenn ich irgend etwas tun kann, um Ihr Wohlbefinden zu heben...", bot sich Heiner von Hohenschlaufe an.

„Das können Sie in der Tat! Bringen Sie mir doch eine Flasche von Ihrem besten Champagner aufs Zimmer und ein Dutzend Austern", bat sie ihn.

„Wären da nicht ein Glas Sprudelwasser und zwei Aspirin angebrachter?" konnte sich Blacky nicht verkneifen zu fragen.

Marie-Luise Glubsch maß ihn von Kopf bis Fuß. „Das mag bei Ihnen helfen. Auf mich dagegen hat nun mal Schampus mit Austern eine belebende und verjüngende Wirkung!" beschied sie ihn und wandte sich zum Gehen.

„Auch wenn sie in einen Jungbrunnen steigen würde, käme sie hinterher immer noch als zickige Schreckschraube heraus", murmelte Carlo.

Tino Tran räusperte sich. „Einen Moment noch, Fräulein Glubsch!"

„Ja, bitte?"

„Vermutlich ist es Ihnen entgangen, aber sie haben noch immer nicht die Rechnung von letzter Woche beglichen", erklärte Tino und vermied es, sie anzusehen. „Leider muß ich darauf bestehen, daß Sie Ihr Konto bei uns ausgleichen."

„Tino! Das ist doch jetzt wirklich nicht der rechte Moment, um Fräulein Glubsch mit solch profanen Dingen zu belästigen!" sagte der Baron mühsam beherrscht. „Hast du nicht gehört, daß sie unter ihrer Migräne leidet?"

„Ja, in Gesellschaft von Schampus und einem Dutzend Glibberottos", brummte Blacky leise.

Tino blieb hart. „Ich bedaure sehr, darauf bestehen zu müssen!" Er war fest entschlossen, sich vom Baron diesmal nicht zum Nachgeben bewegen zu lassen.

Der Baron funkelte ihn an. „Warum überlassen wir nicht Adi diese Entscheidung?"

„Aber wozu die Aufregung?" mischte sich Marie-Luise Glubsch ein. „Hätte ich gewußt, daß Sie sich wegen der offenstehenden Rechnung solche Gedanken machen, hätte ich das schon längst aus der Welt geschafft." Sie klappte ihre Handtasche auf, wühlte

„Wozu diese Aufregung?“
fragte Marie-Luise Glubsch von oben herab

darin herum und zog ein Bündel Banknoten heraus. Ohne abzuzählen legte sie die Scheine vor Tino auf die Theke. „Ich denke, das wird genügen.“

Tino starrte verblüfft auf das Geld. Dann zählte er schnell nach. Es waren zweitausend Mark. „Oh, das ist zuviel, Fräulein Glubsch!“ sagte er. Und es war ihm nun sichtlich peinlich, daß er ihre Zahlungsfähigkeit angezweifelt hatte. „Ihre bisherigen Ausgaben belaufen sich auf...“

Sie fiel ihm ins Wort. „Schreiben Sie es mir gut. Ich werde ja noch ein paar Tage bleiben. Und vergessen Sie nicht, den Schampus und die Austern. Einen schönen Tag noch, die Herren“, wünschte sie ihnen und rauschte in Richtung Aufzug davon.

Verblüfft blickten die fünf ihr nach.

Als sich die Türen des Lifts hinter ihr geschlossen hatten, wandte sich der Baron an Tino. „Welch eine Blamage! Eine vermögende Dame wie Fräulein Glubsch mit einer lächerlichen Rechnung zu bedrängen!"

Tino machte eine hilflose, entschuldigende Gebärde. „Wie habe ich denn wissen können, daß..."

„Nicht eine Spur von Fingerspitzengefühl!" schnitt ihm Heiner von Hohenschlaufe das Wort ab und genoß seinen kleinen Triumph. „Aber auf mich will ja keiner hören."

„Komm, reg dich ab!" sagte Carlo. „Tino hat völlig richtig gehandelt. Er hat sie mehrmals ergebnislos aufgefordert, nun endlich mal einen Teil ihrer Rechnung zu bezahlen. Ihre eigene Schuld, daß Tino ihr jetzt richtig Druck gemacht hat."

Blacky nickte. „Ganz meiner Meinung. So, und ich geh' jetzt an meine Arbeit zurück."

„Wenn es nicht zuviel verlangt ist, möchte ich dich bitten, deine Aufmerksamkeit zuerst den bestellten Austern und der Flasche Champagner zu widmen", sagte der Baron.

„Keine Sorge. Du kannst dir den Servierwagen gleich bei mir abholen und deine Tussi damit beglücken", brummte Blacky und lachte grimmig auf. „Von wegen Migräne! Bei der perlt der Champagner vermutlich schon unter der Schädeldecke, so wie sie das Zeug in sich hineinkippt!"

„Blacky! Diese Diffamierung nimmst du auf der Stelle zurück!" verlangte der Baron.

„Ich denke gar nicht daran!"

„Dann sehe ich mich gezwungen, Konsequenzen aus deinem unmöglichen Verhalten zu ziehen!" drohte der Baron.

„Hört auf, euch zu zanken!" rief in diesem Augenblick eine scharfe, befehlsgewohnte Stimme in ihrem Rücken.

Es war Adi Ehrlich, nicht von ungefähr auch Adi der Trickser genannt. Der gedrungene Mann mit den buschigen Brauen, den klaren, wachsamen Augen und dem messerscharfen Verstand war der unangefochtene Boß der ehemaligen Ganovenclique. Er war derjenige gewesen, der als erster erkannt hatte, daß es Zeit war, vom Ganovenleben Abschied zu nehmen.

„Wir dachten schon, du kommst gar nicht mehr zurück!“ rief Blacky vorwurfsvoll. „Du wolltest doch nur kurz zu den Markthallen. Hast du wenigstens alles bekommen, was ich dir aufgeschrieben habe?“

„Adi, es hat sich hier einiges Unerfreuliche zugetragen, das einer Klärung bedarf“, begann der Baron sich bei Adi zu beschweren und bemerkte gar nicht den ernsten, angespannten Gesichtsausdruck seines Freundes.

Adi hob abwehrend die Hände. „Kommt mir jetzt bloß nicht mit irgendwelchen lächerlichen Kleinigkeiten!“ gebot er ihm sofort Einhalt. Seine Stimme klang ungewöhnlich scharf. „Ich habe dafür jetzt keine Nerven. Tino?“

„Ja, Adi?“

„Kannst du auf die schnelle einen Notdienst hier fürs Hotel organisieren?“

„Klar, ich brauch' nur ein paar Anrufe zu machen.“

„Gut, dann häng dich ans Telefon.“

„Notdienst? Wofür?“ fragte Carlo verständnislos.

Adi atmete tief durch. „Wir müssen dringend zu Klicker, und zwar auf der Stelle.“

„Braucht er unsere Hilfe?“ frage Tino hoffnungsvoll. In der letzten Zeit war es reichlich ruhig gewesen, viel zu ruhig für seinen Geschmack. Das war vermutlich auch ein Grund dafür, weshalb sich Blacky und der Baron trotz ihrer festen Freundschaft so häufig in die Haare gerieten. Sie hatten lange nichts mehr unternommen, was ein wenig Nervenkitzel mit sich brachte und ihre ganz besonderen Talente herausforderte. Ehrlich sein war ja ganz in Ordnung, aber auf die Dauer konnte es auch ganz schön langweilig werden.

„Und ob Kommissar Klicker unsere Hilfe braucht“, antwortete Adi mit finsterer Miene. „Ihm steht das Wasser bis zum Hals.“

„Ist Klicker schwimmen gegangen und in Seenot?“ fragte Bodo erschrocken. „Ich bin ein guter Schwimmer. Ich hol' ihn schon raus.“

„Seenot! Du hast sie wohl nicht mehr alle auf der Latte, Bodo!“

zischte Carlo. „Das war doch bloß ein Vergleich."

Adi verzog das Gesicht. „Klicker steckt in ernsten Schwierigkeiten, Freunde. Ich glaube kaum, daß wir ihn da, wo er jetzt festsitzt, so leicht werden herausholen können. Ich hab Klickers Assistenten unterwegs getroffen..."

„Kriminalassistent Koopmann?" fragte Blacky.

Adi nickte. „Ja, er war ganz am Boden zerstört – und ich weiß auch nicht, ob ich weinen oder lachen soll."

„Himmelherrgott, was ist denn passiert?" drängte Carlo.

„Kommissar Klicker ist verhaftet worden!"

„Du spinnst!" stieß Tino ungläubig hervor.

Adi lachte bitter auf. „Genau das habe ich auch zu Koopmann gesagt. Nur ändert das nichts an der Tatsache, daß es der Wahrheit entspricht. Kommissar Klicker ist verhaftet worden und sitzt in Untersuchungshaft!"

Ein Kommissar und kein Alibi

„Irgendwie finde ich das nicht fair", sinnierte Bodo der Bomber laut vor sich hin und fuhr sich über seine streichholzkurzen Mecki-Haare.

„Was findest du nicht fair?" fragte Carlo und lenkte den hoteleigenen VW-Bus durch Steinenbrück. nachdem Tino die Aushilfskräfte zusammengetrommelt hatte, waren sie sofort losgefahren. Sie wollten Kommissar Klicker im Untersuchungsgefängnis besuchen.

„Na, daß sie Klicker einfach so verhaftet und in eine Zelle gesteckt haben. Ich dachte immer, daß das nur andersherum geht, nämlich daß der Kommissar Schurken verhaftet und nicht umgekehrt. Also, irgendwie ist das nicht richtig", meinte Bodo. „An Klickers Stelle hätte ich mir das aber nicht gefallen lassen."

„Klicker hat gar keine andere Wahl gehabt!" erklärte Adi mühsam beherrscht. Bodos Begriffsstutzigkeit ging ihm einfach auf die Nerven. „Und es waren keine Schurken, die ihn in die Zelle gesperrt haben. Seine eigenen Leute haben ihn festgenommen und auf Anordnung des Richters eingelocht."

Bodos Verwirrung verwandelte sich in Empörung. „Seine eigenen Kollegen? Das ist ja noch gemeiner. Also, denen würde ich aber die Freundschaft aufkündigen!"

Der Baron verdrehte die Augen. „Mein Gott, wann fällt bei dir endlich der Groschen? Der Kommissar wird eines schweren Verbrechens beschuldigt! Und ganz nebenbei bemerkt: Mußtest du deinen Privatzoo unbedingt mitnehmen?"

„Aber wo sollte ich denn mit Al Capone und Gertrude hin?" fragte Bodo naiv und kraulte seinen Kater hinter den Ohren, während Gertrude zwischen den Sitzen hin und her watschelte und sich für alles interessierte. „Sie fahren nun mal leidenschaftlich gern Auto und tun doch keinem was zuleide."

„Und ob sie das tun!" erwiderte der Baron ärgerlich. „Wenn mir deine Gans noch einmal die Schnürsenkel aufzupft und an die teuren Socken geht, dann garantiere ich für nichts mehr!"

„Das hat sie bestimmt nicht so gemeint", sagte Bodo und rief Gertrude zu sich. „Komm, bei Fuß, Gertrude! Du hast gehört, was Onkel Heiner gesagt hat. Komm, hock dich ganz brav zu mir auf die Bank."

Der Baron seufzte gequält auf. „Onkel Heiner! Was für ein Tag!"

Blacky wandte sich an Adi. „Du hast uns überhaupt noch nicht erzählt, was Klicker denn vorgeworfen wird."

„Ihr werdet es nicht glauben, wenn ich es auch sage", antwortete Adi. „Er soll die Bank in Rottbach überfallen und ausgeraubt haben."

„Banküberfall? Heiliger Klabautermann!" stieß Blacky hervor und schüttelte voller Ingrimm über so eine lächerliche Verdächtigung den Kopf. „Das ist ja ein irres Ding. Warum nicht gleich die Bank von England?"

„Vielleicht, weil England ganz schön weit und Rottbach nur ein paar Kilometer von hier liegt", antwortete Bodo.

„Jetzt reicht es aber, Bodo!" donnerte Adi. „Verzapf nicht ständig solche hirnrissigen Bemerkungen!"

Bodo wußte mal wieder nicht, was er falsch gemacht hatte, und beschloß, sich mit weiteren Vermutungen vorsichtshalber zurückzuhalten.

„Wir sind da! Das Gefängnis!" rief Carlo und fuhr auf den Parkplatz vor dem alten Gebäude.

„Na, da bin ich aber mal gespannt, was Klicker uns gleich zu erzählen hat", murmelte Blacky. Klicker als angeblicher Bankräuber in Untersuchungshaft! Einfach nicht zu glauben!

Ungeduldig warteten die sechs Freunde vom *Park-Hotel*, daß Kommissar Klicker in das Besucherzimmer geführt wurde. Eine Gitterwand unterteilte den kahlen Raum in zwei Hälften. Endlich ging die Tür auf der anderen Seite auf, und ein Gefängniswärter führte den Kommissar herein.

Klicker sah sichtlich mitgenommen aus. Sein Gesicht war bleich und irgendwie eingefallen. Als er seine Freunde erblickte, zwang er sich zu einem Lächeln.

„Ausgerechnet mich einmal hinter Gittern zu sehen, hättet ihr euch wohl auch niemals träumen lassen, was?" versuchte er seine Situation ins Spaßige zu ziehen.

Die sechs Ex-Ganoven redeten alle auf einmal los, bedrängten ihn mit Fragen und machten ihrer Empörung Luft. Schließlich griff Adi ein und brachte sie zur Ruhe. „Wie soll der Kommissar zu Wort kommen, wenn wir ihn pausenlos mit Fragen eindecken? Also, wir hören, Kommissar."

Klicker setzte sich an den Tisch, der vor dem Gitter stand, und zuckte die Achseln. „Tja, ich weiß nicht, wo ich beginnen soll."

„Am besten ganz von vorn", schlug Bodo vor.

Ein Schmunzeln huschte über Klickers Gesicht. „Das klingt ganz vernünftig. Also dann: Gestern nachmittag wurde in Rottbach die Sparkasse überfallen und beraubt. Der Täter entkam mit siebenundzwanzigtausend Mark. Die Beschreibung, die die Angestellten und vier Kunden der Polizei geliefert haben, trifft haargenau auf mich zu..."

„Aber das ist doch noch längst kein Grund, Sie zu verhaften!" rief Carlo.

„Das ist lächerlich!“ empörte sich Tino.

„Da war ein Doppelgänger am Werk!“ vermutete Blacky.

Klicker hob die Hand. „Langsam, langsam, Freunde. Das ist ja noch längst nicht alles. Man hat am Tatort *meine* Dienstpistole gefunden, die zwei beherzte Bankkunden dem Täter bei einem Handgemenge aus der Hand geschlagen haben. Außerdem fand man ein Stück Stoff des Regenmantels, den der Täter trug. Und bei der Durchsuchung meiner Wohnung stießen die Kollegen von der Spurensicherung auf zwei Geldbanderolen, die zweifelsfrei aus dem Bankraub stammen!“

Die sechs starrten ihn ungläubig an.

Ungläubig starrten die Ex-Ganoven den Kommissar an

„Ist das Ihr Ernst?“ fragte Adi mit rauher Stimme.

Klicker nickte düster. „Und das ist noch nicht alles, was gegen mich spricht. Ich bin außerdem in Rottbach um die Tatzeit gesehen worden – und es war kein Doppelgänger. Das ist so sicher wie das Amen in der Kirche.“

„Woher wollen Sie das so genau wissen?“ fragte Tino.

„Weil ich wirklich in Rottbach war“, erklärte Kommissar Klicker.

„Mich laust der Affe!“ stieß Carlo unwillkürlich hervor.

„Ja, ich war da – und zwar, weil mich einer meiner Informanten aus der Unterwelt dringend dort sprechen wollte“, berichtete Klicker. „Egon Schandtke rief mich an. Er hatte angeblich einen ganz heißen Tip für mich und bestellte mich in die leerstehende Lagerhalle einer alten, längst stillgelegten Fabrik. Wir haben uns da schon öfter getroffen.“

„Aber dieser Ganove ist zu dem verabredeten Treffen nie erschienen“, vermutete Adi.

Klicker schüttelte den Kopf. „Nein, ich hab' eine geschlagene Stunde gewartet, weil er am Telefon sagte, er könnte unter Umständen ein bißchen später kommen. Doch er ist nicht aufgetaucht.“

„Sie haben also für die Tatzeit kein Alibi“, folgerte der Baron.

„Nein“, gestand Klicker niedergeschlagen. „Ich fuhr dann nach Steinenbrück zurück. Und kaum war ich in meiner Wohnung, als es klingelte... und die Kollegen vor der Tür standen. Sie hatten einen anonymen Anruf erhalten.“

„Ach nee“, sagte Blacky grimmig. „Was für ein Zufall.“

„Tja, und die Durchsuchung ergab dann neben dem Fund der Geldbanderolen auch noch, daß das Stück Stoff von meinem Trenchcoat stammte“, fuhr Klicker fort. „Daraufhin hatte der Untersuchungsrichter gar keine andere Wahl, als meine Verhaftung und Einweisung in das Untersuchungsgefängnis zu veranlassen.“

Betroffenes Schweigen folgte seinen Worten.

Klicker atmete tief durch. „Und noch etwas spricht gegen mich. Ich will euch da gleich reinen Wein einschenken.“ Er wirkte etwas verlegen. „Ich habe einen Teil meiner Ersparnisse in Aktien angelegt... und mich... tja, wohl falsch beraten lassen. Auf jeden Fall ist der Kurs meiner Aktien tief in den Keller gerutscht, und ich habe so eine Menge Geld verloren. Nichts Ernsthaftes, aber als Motiv genügt es ja schon, daß meine finanzielle Situation ein klein wenig angespannt ist."

„Aber deshalb hätten Sie doch nicht die Bank überfallen zu brauchen", meinte Bodo betrübt. „Wir hätten Ihnen doch bestimmt Geld geliehen..."

Adi stieß ihn derb an. „Reiß dich bloß zusammen!" zischte er. „Kapierst du denn nicht, daß irgend jemand dem Kommissar den Banküberfall anhängen will?"

Klicker winkte müde ab. „Schon gut. Ihr seht also, daß die Kette der Indizien gegen mich ziemlich dicht ist."

Carlo schlug mit der Faust gegen die massiven Gitterstäbe. „Verdammt noch mal, da versucht jemand, Ihnen den Bankraub unterzuschieben. Das muß doch ein Blinder sehen! Reinster Schwachsinn, Sie aufgrund von ein paar geschickt gestreuten Halbwahrheiten und angeblichen Beweisstücken hier in U-Haft zu nehmen."

„Richtig!" pflichtete ihm Adi erbost bei. „Da will sich irgend jemand böse an Ihnen rächen. Wie ich Sie kenne, hatten Sie Ihre Dienstpistole in Ihrer Wohnung, nicht wahr?"

Klicker nickte. „Wann brauche ich sie schon mal?"

„Dieser Schurke Unbekannt hat Sie also planmäßig in eine Falle gelockt", fuhr Adi fort. „Er hat Egon Schandtke geschmiert, damit dieser Sie in die verlassene Lagerhalle nach Rottbach lockt. Was hat Ihr ehemaliger Zuträger aus der Unterwelt überhaupt bei der Polizei zu Protokoll gegeben?"

„Gar nichts", antwortete Klicker. „Egon Schandtke ist seit gestern wie vom Erdboden verschwunden. Es heißt, er hätte sich irgendwo in den Süden abgesetzt."

„Kann aber auch sein, daß er schon ein paar Fuß tief unter der Grasnarbe liegt", unkte Blacky düster. „Denn tote Zeugen sind die verläßlichsten Zeugen für einen kaltblütigen Ganster, der ein Geheimnis bewahrt wissen will."

„Vergessen wir Schandtke erst einmal“, meinte Adi. „Viel wichtiger ist die Frage: Wer ist der Mann, der beim Kommissar in die Wohnung eingestiegen ist und sich Regenmantel und Pistole geklaut und hinterher die Geldbanderolen bei ihm versteckt hat?“

„Wer dieser Mistkerl ist, dürfte im Augenblick doch völlig schnurz sein“, schimpfte Carlo. „Kein vernünftiger Mensch, der noch alle Lichter im Leuchter hat, kann doch unseren Kommissar allen Ernstes des Bankraubes bezichtigen! Das ist ja so aberwitzig, als würde man Bodos Gans Gertrude zur Miß Universum küren wollen!“

Bodo hob die Augenbrauen. „Sag bloß nichts gegen Trudchen! So ein schönes Gefieder hat nicht jede Gans! Und ihr Gang ist schon viel graziler geworden.“

„Ja, so grazil wie der eines watschelnden Elefanten!“ stichelte Tino.

„Sie und ein Bankräuber!“ Adi schüttelte heftig den Kopf. „Mir ist schleierhaft, wieso Ihre Vorgesetzten diesen teuflischen Plan nicht schon längst durchschaut haben.“

„Doch, doch, das haben sie. Aber daß mir keiner den Bankräuberfall *zutraut,* hat nichts mit den Fakten, den nicht aus der Welt zu schaffenden Indizien zu tun“, erklärte Klicker nüchtern. „Es gibt nun mal Gesetze, und die fragen nicht danach, was jemand denkt, meint oder fühlt. Ausschlaggebend bei einem Verbrechen sind Zeugen, Geständnisse – und eben Indizienbeweise. Es gibt genügend Prozesse, in denen der Angeklagte allein aufgrund einer schlüssigen Indizienkette verurteilt wird.“

„Das wäre ein skandalöser Justizirrtum!“ erregte sich der Baron. Und verkündete pathetisch: „Ich werde nicht zulassen, daß Sie in das Mahlwerk einer mit Blindheit geschlagenen Justiz geraten, Kommissar.“

Klicker lächelte gezungen. „Das ist nett von dir, Baron. Aber ich befürchte, daß ich wenig Chancen habe, mich aus diesen Verstrickungen zu lösen... Es sei denn...“

„Es sei denn was?“ fragte Tino eifrig.

„Es sei denn, dieser gemeine Drahtzieher, der für all das verantwortlich ist, wird noch vor Prozeßbeginn gefunden und zu einem Geständnis veranlaßt, das mich von allen Verdachtsmomenten befreit."

Der Baron warf sich in die Brust. „Nicht der Hauch eines Verdachtes wird an Ihnen hängenbleiben, Kommissar! Seien Sie versichert, daß wir die Jagd auf diesen Drahtzieher unverzüglich aufnehmen und ihn zum Reden bringen werden!"

„Er wird ganze Arien flöten, Kommissar!" versprach Carlo. „Wir werden ihn wie eine Zitrone ausquetschen..."

„Aber dafür müßt ihr ihn erst einmal entlarvt haben", holte Klicker seine Freunde auf den Boden der Tatsachen zurück.

„Haben Sie einen Verdacht, wer das sein könnte, der Ihnen das eingebrockt hat?" fragte Adi.

Klicker zuckte hilflos die Achseln. „Ich habe keine blasse Ahnung. Es gibt natürlich genug Gangster, die ich ins Gefängnis gebracht und die bittere Rache geschworen haben. Ganz sicher hat sich einer von ihnen diesen teuflischen Plan ausgedacht."

„Keine Sorge, wir werden dem Mistkerl schon auf die Spur kommen", versuchte Blacky den Kommissar, der einen erschrekkend niedergeschlagenen Eindruck machte, aufzumuntern.

„Na klar, diesem Stinker von Drahtzieher werden wir den faulen Zahn ziehen!" pflichtete Carlo ihm grimmig bei.

Bodo blickte überrascht drein. „Ihr wißt also schon, wen wir suchen müssen?"

„Nee, natürlich nicht. Wieso fragst du so was Blödes?" wollte Blacky wissen.

„Na, wenn ihr schon wißt, daß er einen faulen Zahn hat, dann müßt ihr doch auch wissen..."

Adi legte ihm die Hand auf die Schulter, während die anderen Ex-Ganoven gequält aufstöhnten. „Bodo, überlaß das Kombinieren mal bessser uns, okay?"

Bodo legte den Kopf etwas schief und nickte dann. „Wenn du das so möchtest, Adi, dann ist das in Ordnung. Aber wenn ihr mal nicht weiterkommt, helfe ich euch gern."

„Wie beruhigend", frotzelte Carlo.

Die sechs Freunde vom *Park-Hotel* blieben noch eine Weile bei

Kommissar Klicker und versuchten möglichst viele Informationen aus ihm herauszuholen. Doch Klicker konnte ihnen einfach nichts Handfestes mit auf den Weg geben, und das bedrückte ihn sichtlich.

„Ihr werdet diesmal ganz auf euch allein gestellt sein", sagte Klicker mit einem Anflug von Resignation, als sie sich verabschiedeten. „Tut mir leid, daß ich euch soviel Unannehmlichkeiten mache."

Der Baron furchte die Stirn. „Unannehmlichkeiten? Die triste Atmosphäre dieser Staatspension scheint Ihre Sinne ein wenig verwirrt zu haben, Kommissar! Es ist uns Vergnügen und Ehre zugleich, den Beweis Ihrer Unschuld zu erbringen. Dies ist endlich einmal ein Fall, der in seiner Außergewöhnlichkeit unseren Fähigkeiten entspricht."

„Wir werden Himmel und Hölle in Bewegung setzen, um Sie hier herauszuholen", versprach Adi mit Nachdruck. Und er dachte im stillen: Das wird auch nötig sein, um Klicker vor einer langjährigen Gefängnisstrafe zu bewahren!

Eine kochendheiße Spur, Mann!

Als das schwere Gefängnistor hinter ihnen zuschlug und sie zu ihrem VW-Bus gingen, war von ihrer Zuversicht, die sie Kommissar Klicker vorgespielt hatten, nichts mehr übrig. Im Gegenteil. Alle sahen mehr oder weniger bedrückt drein. Sogar der Baron blickte finster vor sich hin.

„Wir haben absolut nichts in der Hand, und wir wissen nicht, wo wir ansetzen können", meinte Carlo und versetzte einer leeren Limonadendose, die auf dem Weg lag, einen Fußtritt. Die Büchse schepperte über das Kopfsteinpflaster. „Kein Verdacht, kein Name, rein gar nichts! Wir könnten ebensogut eine Stecknadel im Heuschober suchen!"

Tino nickte. „Was machen wir bloß?"

„Wir fangen mit dem Nächstliegenden an", erklärte Adi.

„Und das wäre?“ frage Blacky.

„Koopmann. Kommt, wir fahren zu ihm. Vielleicht kann er uns einen Tip geben“, meinte Adi.

Kriminalassistent Claus Koopmann, ein junger und gewöhnlich tatendurstiger Mann mit blondem Haar und sympathischen Gesichtszügen, saß grübelnd hinter seinem Schreibtisch. Er sah übernächtigt aus, hatte graue Ringe unter den Augen und verzog nur das Gesicht, als die sechs Freunde in sein Büro im Polizeipräsidium traten.

„Ah, das Sonderkommando des Kommissars“, begrüßte er sie spöttisch, was sonst gar nicht seine Art war.

Adi kam sofort zur Sache. „Wie können wir helfen, Koopmann?“

„Gar nicht. Diese Geschichte ist wasserdicht. Ich hab’ mir schon die Nacht um die Ohren geschlagen, ohne auch nur den geringsten Anhaltspunkt zu finden. Entweder hat irgendein Mister Unbekannt perfekte Arbeit geleistet, oder es war wirklich Kommissar…“

„Herr Kriminalassistent!“ rief der Baron empört.

Koopmann winkte ab und rieb sich die Augen. „Entschuldigung, ich wollte nur sagen, es kommt auf dasselbe hinaus.“ Er schüttelte den Kopf. „Ich bin am Ende meiner Weisheit.“

„Vielleicht können wir etwas Licht in den Fall bringen“, meinte Adi.

„Und wie?“

„Immerhin verfügen wir über Informationsquellen, die Ihnen nicht zugänglich sind“, erinnerte Blacky ihn an ihre Vergangenheit als höchst einflußreiche Ganoven.

„Aber es gibt nicht den geringsten Hinweis“, sagte Koopmann verzweifelt. „Wo wollt ihr denn anfangen?“

„Mit den Protokollen“, schlug Adi vor. Wir möchten die Akten einsehen.“

„Das geht nicht. Ich darf doch nicht…“

Adi verdrehte die Augen. „Aber Herr Kriminalassistent! Sie wissen doch von gar nichts. Wenn mich nicht alles täuscht, haben Sie eine schrecklich lange Nacht hinter sich und könnten jetzt eine

Stärkung sicherlich gut vertragen. Warum gehen Sie also nicht in die Kantine runter und gönnen sich eine Arbeitspause..., sagen wir eine halbe Stunde. Daß wir zufälligerweise hier in Ihrem Büro die Unterlagen auf Ihrem Tisch gefunden haben, wissen Sie natürlich nicht."

Koopmann verstand und lächelte schwach. „Also gut. Aber mehr als eine halbe Stunde ist nicht drin!" Er öffnete eine Schublade, zog einen Aktenordner hervor und legte ihn auf den Tisch. „Wenn irgend jemand euch überrascht, müßt ihr selber sehen, wie ihr damit fertig werdet."

Carlo grinste. „Klar wie Kloßbrühe!"

Kaum hatte Koopmann das Büro verlassen, als Adi rief: „Bodo!"

„Ja, Adi?"

„Du stehst draußen Schmiere. Wenn jemand hier zu uns ins Büro kommen will..."

„...halte ich ihn einfach fest!" rief Bodo strahlend.

„Quatsch! Du täuschst einen schweren Hustenanfall vor!"

„Wie du willst", meinte Bodo und ging vor die Tür.

Adi, Carlo, Blacky und der Baron beugten sich nun über die Polizeiakten mit den Berichten der Spurensicherung und den Zeugenprotokollen.

Es war Blacky, der plötzlich stutzte. „He! Halt mal!" rief er, als Adi in den Protokollen blätterte.

„Was ist?" fragte Adi.

„Stand da Rudolf Lotz?"

Carlo nickte. „Ja, das ist einer der vier Kunden, die Zeugen des Überfalls geworden sind. Hier ist seine Aussage."

„Rudi Rotz!" stieß Blacky hervor.

„Mir scheint, ein Gang zum Augenarzt dürfte bei dir angebracht sein", bemerkte der Baron spitz. „Der Name dieses Herrn ist Rudolf Lotz und nicht Rotz, wie deine trüben Naturlinsen dir vorzugaukeln scheinen."

„Quatsch!" stieß Blacky aufgeregt hervor. „Dieser Rudolf Lotz ist genausowenig ein Herr, wie ich kurzsichtig bin! Das ist ein ganz ausgekochter Bursche, der mit Spitznamen eben Rudi Rotz

3 9497-6

„He! Halt mal!" rief Blacky, als er den Namen las

heißt, weil er ständig verrotzt ist."

Der Baron hob die Brauen. „Unter diesen veränderten Umständen nehme ich meine Augenarzt-Empfehlung natürlich zurück und bitte um weitere Details über diese… äh… Rotznase", sagte er gedrechselt.

Adi war wie elektrisiert. „Mein Gott, verschone uns jetzt bloß mit deinen wortreichen Bandwürmern, Heiner! Was Blacky da gesagt hat, ist ja eine echte Sensation! Sag bloß, dieser Rudolf Lotz oder Rudi Rotz ist kein unbeschriebenes Blatt!?"

„Hat der Kerl vielleicht ein paar Flecken auf der weißen Weste?" fragte Tino nicht weniger aufgeregt.

Blacky lachte kurz und trocken auf. „Ein paar Flecken? Der hat mehr Dreck am Stecken, als du dir vorstellen kannst. Rudi Rotz gehört zum Abschaum der Unterwelt."

„Welche Sparte?" fragte Adi knapp, doch seine Augen leuchteten.

„Räuberische Hehlerei würde ich sagen", erklärte Blacky. „Rudi Rotz begnügt sich nicht damit, heiße Ware billig einzukaufen und mit viel Profit wieder zu verscherbeln. Nein, wenn sich ein Kunde aus der Unterwelt an ihn wendet und ihm was anbietet, nimmt er ihn wie eine Weihnachtsgans aus, ohne ihm auch nur einen Pfennig zu zahlen. Er schreckt auch nicht davor zurück, brutale Gewalt anzuwenden."

„Aber spricht sich das denn nicht schnell herum?" fragte Tino.

Blacky schüttelte den Kopf. „Seine Opfer wagen es nicht, über Rudis Praktiken den Mund aufzumachen. Sie haben Angst um ihr Leben. Rudi Rotz hat über jedes seiner Opfer eine Akte angelegt, die auch ein erpreßtes Geständnis enthält. Deshalb hat ihn bisher auch noch keiner verpfiffen, und bei der Polizei ist er noch immer ein unbeschriebenes Blatt."

„Und woher weißt du das alles?" fragte Carlo.

„Ich bin mehr oder weniger durch Zufall darauf gekommen, als ein alter Freund von mir, ein Tresorknacker, mit schweren Verletzungen im Krankenhaus lag. Ich saß an seinem Bett, als er im Traum sprach... und zwar von Rudi Rotz", erzählte Blacky. „Später, als er sich erholt hatte und ich ihn auf diesen Burschen ansprach, war er zu Tode erschrocken. Er leugnete alles. Aber ich sah ihm an, daß er log und einfach Angst hatte. Ich zog auch noch ein paar Erkundigungen ein, die zwar nicht viel ergaben, doch ich konnte ja zwei und zwei zusammenzählen. Rudi Rotz ist auf jeden Fall ein hinterhältiger und gefährlicher Bursche, dem alles zuzutrauen ist", schloß Blacky.

„Auch die Beteiligung an einem Banküberfall, der Klicker in die Schuhe geschoben werden soll?" fragte Carlo.

„Aber ja!" versicherte Blacky.

„Ein skrupelloser Gangster, der ausgerechnet einen anderen Gangster bei einem Banküberfall zu überwältigen versucht und ihm die Pistole..."

„Ein wichtiges Indiz gegen Klicker!" rief Tino.

...aus der Hand schlägt", fuhr Adi unbeirrt fort. „Wenn das ein

Zufall sein soll, will ich ab sofort Adi der Vollblinde heißen! Das ist doch ein abgekartetes Spiel!"

„Aber wenn Rudi Rotz noch nie mit der Polizei zu tun gehabt hat, gibt es für ihn doch auch gar keinen Grund, sich an Klicker zu rächen", wandte Tino ein.

„Wer sagt denn, daß die Rotznase diesen teuflischen Plan ausgeheckt hat? Vielleicht ist er nur einer der Fäden, an denen der große Unbekannte im Hintergrund zieht", gab Carlo zu bedenken.

„Ja, das denke ich auch", stimmte Adi ihm zu.

Der Baron zwirbelte das rechte Ende seines grauen Schnurrbartes. „Ein logischer Gedanke, der sich mit meinen eigenen Mutmaßungen deckt. Werte Freunde, mir scheint, daß wir da auf eine nicht ganz uninteressante Spur gestoßen sind, die der näheren Betrachtung allemal wert sein dürfte", untertrieb er wieder mal maßlos.

„Nicht ganz uninteressant?" Tino tippte sich gegen die Stirn. „Das ist eine kochend heiße Spur, Mann! Jetzt können wir endlich loslegen."

„Weißt du auch, wo wir diesen Rudi Rotz finden können?" fragte Adi.

Blacky nickte. „Er hat draußen vor der Stadt eine Schrotthandlung. Das ist seine Tarnung. Er wohnt auch gleich auf dem Gelände. Ist eine ziemlich einsame Gegend."

„Das trifft sich ja gut", sagte Carlo mit grimmiger Entschlossenheit. In dem Moment fing Bodo draußen vor der Tür fürchterlich zu husten an. Sein Husten mußte fast im ganzen Polizeipräsidium zu hören sein.

„Da kommt jemand!" rief Tino.

Adi schlug schnell die Akte zu und sprang vom Schreibtischstuhl hoch. Er trat zu den anderen ans Fenster und tat so, als gäbe es da draußen irgend etwas Interessantes zu beobachten.

Die Tür ging auf, und Koopmann trat ein. Bodo rang noch immer mit seinem entsetzlichen Husten. „Ich weiß nicht, was mit eurem Freund da draußen los ist. Aber wenn er noch ein paar Minuten so weiterhustet, kriegt er einen Kreislaufkollaps!"

„Wir wollten sowieso gehen“, sagte Adi. „Besten Dank für Ihre Hilfe.“

„Hat sich die Mühe denn gelohnt?“

„Sich ausführlich ins Bild zu setzen, ist nie eine unnütze Angelegenheit“, erklärte Heiner von Hohenschlaufe.

Koopmann blickte sie argwöhnisch an. „Wenn ihr auf etwas gestoßen seid, erwarte ich, daß ich informiert werde.“

„Wir kämen nie auf den Gedanken, Ihnen irgendeine wichtige Information vorzuenthalten, Herr Kriminalassistent!“ versicherte Adi mit Unschuldsmiene. Und fügte in Gedanken hinzu: Doch den Zeitpunkt, wann wir mit der Information herausrücken, bestimmen immer noch wir!

„Das will ich auch hoffen“, brummte Koopmann.

Die Freunde machten, daß sie schnell aus dem Büro kamen. Bodo hustete noch immer wie verrückt. Er war im Gesicht hochrot, und ihm liefen vor Anstrengung die Tränen herunter.

Blacky gab ihm einen freundschaftlichen Schlag auf den Rükken. „Nun hol mal wieder Luft, Bodo! Keiner hat davon gesprochen, daß du kraft deiner Lungen diesen alten Polypenbunker zum Einsturz bringen sollst.“

„Kannst du uns mal verraten, warum du hier so einen wahnsinnigen Dauerhusten losgelassen hast?“ fragte Adi und zog ihn mit sich den Gang hinunter.

Bodo röchelte nach Atem. „Aber... ihr... habt doch... gesagt..., daß ich... einen schweren Hustenanfall... vortäuschen soll, wenn... jemand in die Nähe der Tür... kommt“, stieß er krächzend hervor.

„Aber als Koopman bei uns im Zimmer war, hättest du doch aufhören können“, sagte Blacky.

„Es... sind... doch... aber noch andere... Polizisten... über den Gang gekommen“, wandte Bodo ein.

Der Baron stöhnte auf. „Wenn Gott wirklich die Einfältigen liebt, muß Bodo zweifelsohne sein ausgemachter Liebling sein!“

Affenstarke Vorstellung

Sie passierten die Außenbezirke von Steinenbrück. Diesmal lenkte Blacky den VW-Bus, denn er kannte ja als einziger den Weg zur Schrotthandlung von Rudi Rotz. Kurz hinter dem Ortsschild fuhr er von der Landstraße ab und bog auf einen Schotterweg ein, der schon sehr ausgefahren war. Der VW-Bus holperte über Querrillen und durch Schlaglöcher.

„Da ist es!“ rief Blacky, als sie um eine Kurve kamen.

Der Schrottplatz war von einem hohen Maschenzaun mit Stacheldrahtkrone umgeben. Alte Autowracks und anderer Schrott türmten sich zu kleinen Bergen auf.

„Wie günstig, das Tor steht offen!“ sagte Tino.

Blacky fuhr durch die langen Reihen mit aufgestapeltem Schrott. Dann mündete der sandige Weg in einen Platz, wo ein Kran, die Schrottpresse und ein langer, baufälliger Schuppen stand. Etwas weiter hinten erhob sich ein altes Haus. Auf dem Platz war weit und breit keiner zu sehen.

„Ob sich die Rotznase schon abgesetzt hat?“ fragte Tino. Blacky hielt an und stellte den Motor ab. „Warum sollte er? Er fühlt sich doch ganz sicher. Bestimmt ist er im Haus. Los, beehren wir ihn mit unserem Besuch.“

„Einen Augenblick“, sagte der Baron, beugte sich über die hintere Sitzbank und wühlte in einem großen Pappkarton.

„Kannst du uns mal verraten, was du da suchst?“ fragte Adi ungeduldig.

„Hab's schon!“ rief Heiner von Hohenschlaufe. „Meine Nahkampfbowler!“ Er setzte den Hut mit der Stahleinlage auf und fischte auch noch seinen Spazierstock, ebenfalls eine Sonderanfertigung zur Selbstverteidigung, aus der Kiste. „Man soll sich nie unvorbereitet in die Höhle des Löwen begeben!“

„Quarkheini! Rudi Rotz ist in einer handgreiflichen Auseinandersetzung so gefährlich wie eine lahme Ente, die gerade aus dem

Mittagsschlaf erwacht ist", meinte Blacky.

„Vorsicht ist die Mutter der Porzellankiste", erwiderte der Baron.

Als sie aus dem Kleinbus stiegen, hörten sie Rockmusik aus der Werkstatthalle dringen. Als sie auf das Gebäude zugingen, glitt eines der Hallentore quietschend auf den Laufschienen zurück, und ein schwergewichtiger Mann trat heraus. Er hielt eine Bierflasche in der Hand. Sein Hemd spannte sich über dem dicken Bauch, und unter den Armen hatte er große Schweißflecken.

„Das ist Rudi Rotz!" raunte Blacky.

„Was wollt ihr?" fuhr der dicke Ganove sie barsch an und rülpste laut. „Ich kaufe heute nichts!"

„Wir sind auch nicht hier, um was zu verkaufen, sondern um uns mit Ihnen über Ihre Heldentaten zu unterhalten", erklärte Adi.

Rudi Rotz schniefte und kniff die Augen mißtrauisch zusammen. „Heldentaten? Was für Heldentaten?"

„Na, die in der Sparkasse in Rottbach."

„Was ich weiß, habe ich schon bei der Polizei zu Protokoll gegeben!" erklärte Rudi Rotz. „Außerdem seid ihr nicht von der Polizei. Also verpißt euch, bevor ich ungemütlich werde, kapiert!"

Der Baron lächelte ihn an. „Richtig, Ihre Aussage ist uns bekannt. Doch uns hat sich der unangenehme Verdacht aufgedrängt, daß Ihre Auskünfte einiges zu wünschen übriglassen, was den Wahrheitsgehalt angeht. Und über diese Kleinigkeit möchten wir ein wenig mit Ihnen plauschen."

Rudi Rotz starrte ihn verwirrt an.

„Wir sind sicher", fuhr der Baron mit aufreizender Gelassenheit fort, „daß Sie vorbehaltslos mit uns kooperieren werden, wenn Sie erst einmal in den Vorzug gekommen sind, unsere Bekanntschaft gemacht zu haben. Bestimmt werden dann auch Sie den unwiderstehlichen... Drang verspüren, die Wahrheit ans Licht zu bringen und dem Recht zum Sieg zu verhelfen."

Bodo blickte den Baron bewundernd an. „Du, das war eine hübsche Rede, Heiner. Ich habe nur nicht ganz verstanden, was du..."

Bodo der Bomber kam nicht mehr dazu, seinen Satz zu beenden. Zwar hatte Rudi Rotz auch nicht so ganz verstanden, was der elegant gekleidete Mann mit dem lächerlichen Bowler auf dem Kopf sagen wollte. Doch daß Gefahr im Verzug war, das hatte er kapiert. Abrupt drehte er sich um und brüllte in die Halle: „Ratte! Hier gibt's Ärger! Kommt schnell!"

Augenblicklich röhrten schwere Motoren auf. Jemand riß die Schiebetür ganz zurück – und sechs schwarze Motorräder, auf denen Rocker in schwarzen Nietenlederjacken saßen, schossen heraus.

Blacky schluckte schwer. „Du, Adi . . ."

„Ja?"

„Ich glaube, ich habe vorhin etwas Wichtiges vergessen zu erwähnen", sagte Blacky schuldbewußt und mit lauter Stimme, um das Gedröhn der Motorräder zu übertönen, die sie blitzschnell eingekreist hatten.

„Vielleicht den Hinweis, daß sich Rudi Rotz gewöhnlich mit einer Schutztruppe umgibt?" stieß Adi wütend hervor.

Blacky nickte. „Ja, das hatte ich wirklich ganz vergessen."

„Na, das kann ja reizend werden!" knurrte Adi und sah sich nach einer provisorischen Waffe um.

„Machen dir diese Schießbudenfiguren Ärger?" fragte der Anführer der Rockerband, der seinen Spitznamen Ratte zu Recht verdiente. Sein bleiches Gesicht war wirklich so spitz wie das einer Ratte. Dunkles, fettiges Haar hing ihm in Strähnen über den Rand der speckigen Lederjacke. Seine Komplizen, die jetzt ihre schweren Maschinen abstellten und von den Sätteln stiegen, sahen auch nicht gerade vertrauenerweckend aus. Einer hatte lange, breite Bartkoteletten, die ihm fast bis ans Kinn reichten. Die Typen hielten Eisenketten in den Händen und warteten offenbar nur auf den Befehl zum Zuschlagen.

„Treibt sie vom Platz!" befahl Rudi Rotz.

Heiner von Hohenschlaufe trat mutig auf den Anführer der Rocker zu. „Werter Freund, ich an deiner Stelle würde es mir gut überlegen, ob ich die Hand im Zorn erheben würde", warnte er.

Ratte sah ihn erst sprachlos an. Dann lachte er höhnisch.

„Machen dir diese Schießbudenfiguren Ärger?" fragte der Anführer der Rockerbande

„Mann, ich werd' dir gleich einen solchen auf die Rübe verpassen, daß du noch nächstes Jahr Schädelbrummen haben wirst!" zischte er.

„Los, Ratte!" feuerte ihn einer der anderen Rocker an. „Mach ihm 'ne Delle in seinen Komikerhut!"

„Worauf du deine Harley verwetten kannst!" erwiderte Ratte und schlug mit der Faust zu.

Doch Heiners Bowler gab unter dem wuchtigen Faustschlag nicht einen Millimeter nach. Die Knöchel des Rockers trafen auf die Stahleinlage des Hutes. Ein wahnsinniger Schmerz fuhr durch seine Hand bis hoch in den Arm, und er schrie gellend auf.

Der Baron nahm nun seinen Bowler ab, strich liebevoll über die Rundung und sagte: „Es geht eben nichts über soliden Solinger Stahl, werter Freund. Ich hoffe, deine Krankenversicherung zeigt sich großzügig. Ein paar Wochen wirst du dein Patschhändchen schon in Gips herumtragen müssen."

„Bodo, Blacky . . ., Tino, Carlo!" rief Adi. „Aufgepaßt, jetzt geht's rund!"

Wahrhaftig.

Während Ratte alles Interesse an einer Schlägerei verloren hatte, seine verletzte rechte Hand hielt und laut jammerte, stürzten sich seine Komplizen auf die sechs Freunde vom *Park-Hotel.* Wild schwangen sie ihre Ketten.

Der Baron setzte blitzschnell Rocker Nummer 2 außer Gefecht, indem er seinen Spezialspazierstock wie ein Florett handhabte. Eine Drehung mit dem Handgelenk, und er hatte dem Burschen mit den Bartkoteletten die Kette abgenommen. Dann drückte er auf einen kleinen Knopf, und eine fingerlange Klinge glitt wie bei einem Stilett vorn aus der Stockspitze.

„Bübchen, du warst schon lange nicht mehr beim Barbier!" rief Heiner von Hohenschlaufe. „Das holen wir jetzt mal nach, bevor wir unsere Bekanntschaft vertiefen!"

Bevor der verdatterte Rocker wußte, wie ihm geschah, zischte die Klinge zweimal über sein Gesicht. Er spürte ein scharfes Gleiten knapp über seinen Ohren – und von seinen Koteletten keine Spur mehr!

„Irre!" rief Bodo begeistert. „Der Baron hat ihm die Koteletten abrasiert!"

„Nein..., das...", stammelte der Rocker fassungslos über die beiden kahlen Stellen.

„Nicht der Rede wert. War mir ein Vergnügen", sagte Heiner trocken, wirbelte den Spazierstock wie ein Gardemajor um den Mittelfinger und setzte dem Kerl den Messingknauf unter das Kinn, was einen klassischen K. o. zur Folge hatte.

Dann machte er eine schnelle Drehung und zog seinen Hut. Der Bowler senkte sich unüberhörbar auf den Schädel eines Rockers, der rechts an ihm vorbeirennen und sich auf Tino stürzen wollte. Benommen ging der Lederjackenjüngling neben seinem Komplizen zu Boden.

Um Rocker Nummer 4 kümmerte sich nun Bodo. Er blockte

dessen Schlag mit der Eisenkette ab, packte ihn am Arm und drehte sich mit ihm um seine eigene Achse. Fast hätte er dabei noch Adi aufs Parkett gelegt, der sich jedoch geistesgegenwärtig duckte. Er wirbelte den Rocker durch die Luft, als hätte er eine Stoffpuppe in den Händen. Dann ließ er los. Der Schläger segelte einige Meter über den Platz und prallte hart mit seinem Komplizen zusammen, der Carlo ans Leder wollte. Die beiden Rocker stürzten zu Boden und zogen sich dabei recht schmerzhafte Prellungen zu, die ihnen die Lust an weiteren Auseinandersetzungen nahmen.

Um den letzten Schläger kümmerten sich Tino und Adi in einer Gemeinschaftsaktion. Adi hatte sich anfangs nur mit Mühe des bulligen Rockers erwehren können, der glücklicherweise einiges an Alkohol intus hatte. Denn wäre er nüchtern gewesen, wären seine Schläge sicherlich genauer und gefährlicher gewesen.

„Ich mach dich zu Mus!“ röhrte der Rocker. „Wenn ich mit dir fertig bin, paßt du in 'ne Puderdose!“

Tino, körperlich von den sechs Freunden der schwächlichste, konnte es nicht länger mit ansehen, wie Adi sich seiner Haut wehren mußte. Er faßte sich ein Herz, nahm Anlauf – und sprang dem Rocker auf den Rücken. Wie ein Affe klammerte er sich an ihm fest und ließ sich nicht abschütteln.

„Prächtig, Tino!“ rief Adi erleichtert und ging zum Gegenangriff über.

Der Rocker brüllte vor Wut auf, versuchte vergeblich die Last abzuwerfen und schrie dann schrill auf, als Tinos rechte Hand sich in seinem fettigen Haar festkrallte. Er warf den Kopf unwillkürlich in den Nacken, vergaß einen Augenblick die Deckung – und sah schon im nächten Moment Sterne vor seinen Augen tanzen. Adi hatte die günstige Gelegenheit sofort genutzt und eine schnelle und buchstäblich niederschmetternde Kombination aus zwei Aufwärtshaken abgeschossen. Angeschlagen und von Tinos Gewicht nach hinten gezogen, torkelte er rückwärts – geradewegs in Heiner von Hohenschlaufes Arme.

„Ah, hier fehlt noch das Pünktchen auf dem i!“ rief der Baron. Und schon sauste sein Mehrzweckspazierstock durch die Luft.

Wie ein Peitschenhieb klatschte der Stock in die Kniekehlen des Rockers, der urplötzlich keine Kraft mehr in den Beinen hatte und mit einem Aufschrei zu Boden stürzte.

Damit war die Rockerbande außer Gefecht gesetzt.

„Alle Achtung, Baron! Das war heute aber eine Supervorstellung!“ lobte Blacky. „So in Topform habe ich dich ja noch nie gesehen! Du hast diese Schlacht ja fast allein geschlagen.“

„Und wie!“ meinte Carlo mit einem fröhlichen Grinsen. „Gegen deine Fechtkünste hätte heute ja nicht mal ’ne ganze Piratencrew keine Chance gehabt! Das war echt Spitze!“

„Affenstark war das!“ lobte auch Tino begeistert und sah mit Erleichterung, wie die Rocker zu ihren Maschinen taumelten und sich beeilten, vom Schrottplatz zu verschwinden. Sie hatten mehr als genug und kein Verlangen danach, noch mehr Prügel zu beziehen.

Der Baron rückte seinen Nahkampfbowler zurecht und fuhr sich mit dem Messingknauf des Spazierstocks über den Schnurrbart. „Obgleich ich noch um einiges von meiner Hochform entfernt und gerade erst in Schwung gekommen bin, muß ich doch bei aller Bescheidenheit einräumen, daß mein Eingreifen in diese unerfreuliche Meinungsverschiedenheit sicherlich nicht ganz ohne Glanzlichter gewesen ist“, antwortete er nicht ohne Stolz.

Adi wischte sich den Schweiß von der Stirn und holte tief Luft. „Gott sei Dank, daß du deinen Bowler und Spazierstock mitgenommen hast. Das hätte sonst bitter ins Auge gehen können.“ Er warf Blacky einen vorwurfsvollen Blick zu, weil er vergessen hatte, sie zu warnen.

„Sagt mal, wollten wir eigentlich nicht mit Rudie Rotz plauschen?“ meldete sich Bodo zu Wort.

„Ja, klar... Wieso...“

„Ich glaube, er mag nicht... Sonst würde er ja nicht weglaufen, nicht wahr?“ sagte Bodo naiv und deutete auf den fetten Gangster, der in panischer Angst über den Platz auf sein Haus zulief.

„Verdammt! Er will sich bestimmt in seiner Bude verschanzen!“ stieß Blacky hervor. „Diesen Stinker haben wir bei all dem Kampfgetümmel ganz vergessen!“

„Nichts wie hinterher!" befahl Adi.

Die sechs Freunde rannten los und nahmen die Verfolgung auf. Doch Rudi Rotz hatte schon einen zu großen Vorsprung, als daß sie ihn noch vor dem Haus hätten einholen können.

„Mist! Er entkommt uns! Das hat uns gerade noch gefehlt!" fluchte Carlo im Laufen.

„Keine Sorge, Freunde! Die Rotznase kommt nicht bis zur Tür", versicherte der Baron und blieb stehen.

„Willst du ihn vielleicht mit deinem magischen Blick zur Salzsäule erstarren lassen?" keuchte Tino.

Der Baron verzichtete auf eine Erwiderung, griff zu seinem Bowler und schleuderte ihn wie einen Bumerang hinter dem fliehenden Gangster her. Der Hut sauste wie ein tellerförmiges Geschoß durch die Luft – und erwischte den Dicken auf den Treppenstufen. Der Bowler holte ihn von den Beinen. Mit einem schmerzhaften Aufschrei stürzte Rudi Rotz auf die Treppe.

„Volltreffer!" rief Carlo begeistert.

„Bodo! Halt ihn fest, damit er nicht wieder entkommt!" trug Adi ihm auf. Und Bodo der Bomber hatte Rudi Rotz im Griff, bevor er sich wieder aufrappeln konnte.

„Donnerwetter, wo hast du denn den Trick gelernt, Heiner?" wollte Carlo wissen.

„Bei den Eingeborenen in Australien", antwortete der Baron.

„Daß du in Australien warst, ist mir völlig neu", sagte Blacky skeptisch.

„Deine Zweifel seien dir unbenommen", erklärte der Baron vornehm. „Deshalb will ich dir auch gar nicht davon erzählen, wie ich mit meinen Trainingsmethoden den Känguruhrennsport revolutioniert habe und..."

„Heb dir deine Känguruhgeschichten für später auf!" fiel Adi ihm ins Wort. „Sehen wir jetzt erst einmal zu, daß wir die Rotznase ins Haus und zum Reden bringen."

„Na, für unseren Bumerangmeister und Känguruhtrainer dürfte das doch ein Kinderspiel sein", bemerkte Blacky mit gutmütigem Spott.

Der Baron hüstelte nur.

Eine kitzlige Angelegenheit

„Das ist Hausfriedensbruch! Freiheitsberaubung! Kidnapping!“ zeterte Rudi Rotz, als Adi und Bodo ihn ins Haus schleppten. Er ging zwischen ihnen, ohne daß seine Beine den Boden berührten, und versuchte vergeblich, sich aus ihrem festen Griff zu befreien. „Ich werde Strafanzeige erstatten! Das wird ein gerichtliches Nachspiel haben. Ich verlange...“

„Spar dir deine lächerlichen Drohungen, Dicker!“ herrschte Adi ihn mit schneidender Stimme an.

„Loßlassen! Laß mich los, verdammt noch mal!“ brüllte der Gangster. „Ihr habt kein Recht...“

„Wir haben mehr Recht, als dir lieb sein wird, Rotznase!“ zischte Carlo drohend. „Du hast mitgeholfen, unseren Freund hinter Gitter zu bringen!“

„Welchen Freund?“

Kommissar Nagel..., besser bekannt als Kommissar Klicker“, antwortete Blacky feindselig.

„Klicker?“ Die Augen des dicken Gangsters weiteten sich vor Schrecken. „Ich weiß überhaupt nicht, wovon ihr redet. Das ist ein Mißverständnis, ein schrecklicher Irrtum. Ich habe nichts damit zu tun.“

„Sei ganz unbesorgt, das Mißverständnis wird ganz sicherlich geklärt sein, bevor wir mit dir fertig sind“, drohte Adi.

Die sechs trugen den Ganoven in das große Wohnzimmer und stießen ihn in einen schweren Ohrensessel. Bodo und Carlo postierten sich neben ihm, um jeden Fluchtversuch schon im Ansatz zu vereiteln.

„Heiliger Klimbim“, rief Blacky in ungläubigem Erstaunen, als er sich im Raum umsah. „Das ist ja das reinste Kitschmuseum!“ Längs der Wände standen hohe Regale, die mit Tausenden von vielfarbigen Glaskugeln, -figuren und -tieren vollgestellt waren. Den Eiffelturm gab es gleich in einem Dutzend verschiedener

Größen. Auch von den venezianischen Gondeln gab es mehr, als das Auge ertragen konnte. Es war reinster Kitsch.

„Kitsch!" fuhr Rudi Rotz protestierend auf – wurde jedoch sofort von Bodo und Carlo gepackt und zurück in den Ohrensessel gedrückt. „Das ist die größte komplette Glassammlung Europas!"

Der Baron rümpfte verächtlich die Nase. „Ein Anblick, der bei jedem halbwegs gebildeten Menschen Übelkeit und wochenlange Alpträume hervorrufen muß. Adi, laß uns bitte hier nicht länger als unbedingt nötig verweilen!"

Adi nickte und baute sich vor Rudi Rotz auf. „Kommen wir zur Sache, Dicker! Gib zu, daß der Überfall in Rottbach ein abgekartetes Spiel war, um Klicker in den Knast zu bringen!"

„Gar nichts gebe ich zu! Ich kenne diesen Klicker überhaupt nicht! Ich war zufällig in der Bank – und habe getan, was wohl jeder anständige Bürger mit ein bißchen Mumm in den Knochen auch getan hätte!"

„Du lügst, Rudi Rotz!" sagte Adi ihm auf den Kopf zu. Er sah ihm an, daß er die Unwahrheit sagte. Der Hehler schwitzte Wasser und Blut, und die Angst in seinen Augen war nicht zu übersehen, sosehr er sich auch anstrengte, sie zu verbergen. „Wir kennen deine verbrecherischen Geschäfte. Also spiel uns nicht den gesetzestreuen Bürger vor. Raus mit der Sprache! Wer steckt hinter diesem teuflischen Plan? Wer sind deine Komplizen?"

„Ich weiß nicht, wovon ihr redet!" beharrte Rudi Rotz auf der Rolle des Ahnungslosen.

Adi warf Blacky einen hilfesuchenden Blick zu. Was sollten sie tun, wenn der Gangster beharrlich schwieg? Sie konnten zwar mit Gewalt drohen, aber anwenden würden sie sie nicht. Das war klar. Mit Brutalität zu den nötigen Informationen zu gelangen, war nicht ihre Art. Sie verabscheuten Gewalt. Doch was blieb ihnen dann, um Klickers Haut zu retten?

Carlo wußte, was in Adi vorging, und hatte plötzlich eine Idee. Scheinbar zusammenhanglos fragte er: „Sagt mal, wißt ihr überhaupt, daß ich früher mal ein erstklassiger Jongleur war?"

„Du und Jongleur?" fragte Bodo verdattert zurück. „Ich dachte, du warst Fassadenkletterer?“

Carlo grinste. „Ich bin eben ein Mann mit vielen Talenten. Ich werde euch mal eine Kostprobe geben“, sagte er und nahm drei Kristallkugeln aus einem Regal.

„Nein! Nicht die Kugeln! Stell sie zurück!“ schrie Rudi Rotz entsetzt. „Das sind ganz seltene Stücke.“

„Wird schon nichts kaputtgehen“, versicherte Carlo, warf die drei Kugeln hoch – und ließ sie am Boden zerschellen. „Oh, das tut mir leid. Da fehlte noch ein wenig Koordination der Hände.“

Rudi Rotz heulte auf. „Meine Kugeln! Meine schönen Kugeln!“ jammerte er.

„Nein! Nicht die Kugeln!“ schrie Rudi Rotz entsetzt

„Na, vielleicht geht es mit den hübschen Gondeln hier besser", sagte Carlo leichthin. „Am besten versuch' ich es gleich mit einem halben Dutzend..., da lohnt es sich wenigstens."

„Tu es nicht! Bitte nicht!" flehte Rudi Rotz.

Adi hob die Hand. „Warte mal einen Moment mit deinen Kunststücken, Tino", sagte er mit verstecktem Schmunzeln und wandte sich dann wieder dem Gangster zu. „Sag uns, was wir wissen wollen, und Carlo wird sich nicht weiter als Jongleur betätigen."

Rudi Rotz blickte verzweifelt von Adi zu Carlo und zurück. Man sah ihm an, wie er mit sich rang. Doch offenbar gewann die Angst in ihm die Oberhand, denn er schüttelte den Kopf. „Ich weiß nichts! Ich habe nichts zu sagen, was von meiner polizeilichen Aussage abweicht..."

Adi gab Carlo einen Wink. „Noch eine Kostprobe, wenn's genehm ist, Tino."

„Aber mit dem allergrößten Vergnügen!" rief Carlo, schmiß die gläsernen Gondeln in die Luft. Eine davon schleuderte er derart heftig hoch, daß sie unter die Decke knallte und zu Bruch ging, begleitet von Rudi Rotz' Aufstöhnen.

„Oh, das war wohl sogar für südländische Verhältnisse ein wenig zu schwungvoll", spottete Carlo und wirbelte die restlichen fünf hin und her. Er konnte in der Tat recht gut jonglieren.

„So, und nun das Ganze mit einer geschmeidigen Pirouette, um ein bißchen Abwechslung in diese Privatvorstellung zu bringen", kündigte Carlo an, warf alle fünf Gondeln in die Luft und drehte sich um die eigene Achse. Doch er bewegte sich so langsam wie eine Schnecke. Die fünf Gondeln waren schon zu tausend Splittern zerbrochen, als Carlo die Pirouette beendet hatte und die Hände in einer Geste vorgetäuschten Bedauerns vorstreckte. „Ich fürchte, ich war ein wenig zu langsam."

Bodo blickte ihn mit gefurchter Stirn an. „Das ging aber böse daneben, Carlo. Ist dir das mit so einer Pirouette schon mal gelungen?" fragte er und kapierte nicht, was Carlo mit der ganzen Sache bezweckte.

„Nein, noch nicht. Aber wenn ich noch fleißig übe, kriege ich es

4 9497-6

vielleicht noch hin. Mangel an geeigneten Trainingsobjekten besteht zum Glück ja nicht."

„Das war Absicht! Hundsgemeine Absicht!" schrie Rudi Rotz mit sich überschlagender Stimme.

„Mach endlich die Kiemen auf!" forderte Adi ihn ungeduldig auf. „Oder aber hier bleibt nicht ein Stück heil!"

Doch sosehr Rudi Rotz auch in seine Kitschsammlung vernarrt war, die Drohung, alles Stück für Stück zur Bruch gehen zu lassen, genügte nicht, um ihn gesprächig zu machen. Er war vor Wut hochrot im Gesicht und mußte von Blacky und Bodo im Ohrensessel festgehalten werden, doch er zeigte sich entschlossen, seine Komplizen nicht zu verraten.

„Ich glaube, bei dem beißen wir auf Granit", raunte Tino dem Baron enttäuscht zu. „Das war wohl Fehlanzeige. Dem können wir nicht ein Wort herauskitzeln."

„Mhm, ja, sieht so aus", brummte Heiner grimmig. Doch im nächsten Moment hellte sich sein Gesicht auf. „Tino! Das war eine Bombenidee!" Er schlug dem schmächtigen Meisterfälscher so kräftig auf den Rücken, daß Tino die Nickelbrille fast von der Nase gerutscht wäre.

„Idee? Was für eine Bombenidee?" keuchte Tino.

„Einen Augenblick. Bin gleich zurück, Freunde! Dann hat Rudi Rotz nicht den Schimmer einer Chance, uns auch nur irgend etwas vorzuenthalten", versprach der Baron.

Adi und Blacky sahen sich verständnislos an.

„Hast du eine Ahnung, was plötzlich in den Baron gefahren ist?" fragte Blacky.

Adi schüttelte den Kopf. „Na, wir werden es schon erfahren. Carlo, leg noch eine flotte Jongleurnummer aufs Parkett. Versuch doch mal ein Kunststück mit den gräßlichen Eiffeltürmen! Ich glaube, unsere verstockte Rotznase ist ganz wild darauf, dich weiterhin in Aktion zu sehen."

„Der Wunsch meines begeisterten Publikums ist mir stets ein Befehl", spottete Carlo, schnappte sich die Eiffeltürme und entlockte dem Gangster bei jedem zersplitternden Glasturm ein Aufstöhnen.

Dann kam der Baron zurück. „Das hier ist die Lösung des Problems", rief er.

„Was?" wollte Adi wissen.

„Das hier!" Der Baron streckte die rechte Hand vor, die zwei lange Gänsefedern hielt.

„Wo hast du die Federn her?" verlangte Bodo sofort zu wissen. Und beschuldigte ihn: „Du hast sie Gertrude ausgerissen – gib es zu!"

„Aber wo denkst du hin, mein lieber Bodo", antwortete der Baron mit einem erzwungenen Lächeln, als Bodo sich drohend vor ihm aufbaute. Bodo konnte ja eigentlich keiner Fliege etwas zuleide tun, doch vergriff sich jemand an seinen Freunden oder gar an seinen Tieren, dann konnte er zulangen wie kein anderer. Und wo er hinschlug, wuchs so schnell kein Gras mehr. „Nie würde ich es wagen, so einem entzückenden Geschöpf zwei Federn auszureißen!"

„Aber sie sind von Gertrude!" beharrte Bodo. „Das sehe ich! Ich kenne ihr Gefieder!"

Bodo hüstelte. „Nun ja, so gesehen hast du recht", räumte er zögernd ein und suchte fieberhaft nach einer plausiblen Erklärung. „Aber rausgerissen habe ich sie nicht. Das... das hat Gertrude selber getan."

„Gertrude hat sich diese Federn rausgerissen?" echote Bodo ungläubig.

„Sicher. Ich habe ihr erzählt, welche Schwierigkeiten wir hier haben und ob sie uns nicht mit ein, zwei Federn aushelfen könnte", sagte der Baron so ernst wie möglich. „Tja, und da hat sie sich auch nicht lange bitten lassen. Ich nehme doch nicht an, daß du meine Worte bezweifelst. Immerhin hast du uns ja schon zigmal erzählt, daß du mit ihr redest und sie dich auch versteht."

Bodo legte den Kopf schief, ein Zeichen, daß er verwirrt war. „Mhm, natürlich versteht sie mich", gab er zu. „Aber daß nun auch du mit ihr sprechen kannst und sie sogar noch überzeugt hast, also das ist schon wirklich seltsam."

„Frag sie doch nachher selber", schlug der Baron erleichtert vor, denn vor einem wütenden Bodo hatte er einen Heidenbammel.

„Sie wird dir alles bestätigen."

Bodo nickte ernsthaft. „Das werde ich auch tun. Schön, daß Gertrudes Intelligenz jetzt endlich bewiesen ist!"

„Da hast du uns ganz schön was eingebrockt, Baron!" schimpfte Blacky leise. „Eine dicke Gans, die uns Menschen verstehen kann und sich zwei Federn aus dem Hintern rupft, damit wir hier weiterkommen! Himmel, das wird er uns von nun an jedesmal aufs Brot schmieren, wenn wir was gegen seinen Privatzoo sagen!"

Der Baron zuckte die Achseln. „Manchmal muß man im Leben auch Opfer bringen, mein lieber Blacky."

Adi war von Heiners Idee mit den Federn begeistert. „Darauf hätten wir gleich kommen sollen. Los, wuchtet die Rotznase auf den Eßtisch da drüben!"

„He, was soll das?" protestierte Rudi Rotz lautstark. „Verdammt noch mal, nehmt eure dreckigen Flossen von mir! Ich sage euch, das werdet ihr bitter bereuen!"

„Runter mit Hemd, Schuhen und Socken!" befahl Adi.

Der Gangster konnte drohen und fluchen, soviel er wollte, gegen die sechs Freunde vom *Park-Hotel* war er machtlos.

„Mir scheint, wir haben dir heute schon eine Menge Kummer bereitet", sagte Adi nun fröhlich zu dem Dicken, der rücklings auf dem großen Eßzimmertisch lag. Bodo und Blacky hielten ihn an den Armen, während Carlo und der Baron die Beine auf die Platte drückten. „Und da Lachen nun mal die beste Medizin gegen Kummer jeder Art ist, werden wir dich ein wenig erheitern."

„Weg mit den Federn!" schrie Rudi Rotz, der nun begriff, was sie mit ihm vorhatten. „Ich bin kitzlig! Nein!"

Adi begann ihm nun mit der Gänsefeder die Fußsohlen zu kitzeln, und Rudi Rotz konnte nicht anders als lachen. Er versuchte sich aufzubäumen und die Füße wegzuziehen, doch ohne Erfolg.

Sein Gelächter schallte durch das Haus. „Oooh..., haahaha..., aufhö... aahaha... ohoho..."

„Na, bist du jetzt endlich bereit, uns zu erzählen, was wir wissen wollen?" fragte Adi und legte eine kurze Pause ein.

„Es gibt nichts…"

Rudi Rotz kam nicht mehr dazu, den Satz zu beenden, denn Adi ließ die Feder sogleich wieder über die nackten Fußsohlen tanzen.

„Versuch's doch auch mal zwischen den Zehen", schlug Blacky vor. „Dicke Leute sollen da ganz besonders empfindlich sein."

Der Gangster warf den Kopf wild hin und her, und sein verzweifeltes Gelächter kletterte in die höchsten Tonlagen. Tränen liefen ihm über das Gesicht. „Ohohoho…, nein… ahaha…, aufhören…, oooooh…"

„Ist das nicht wahrhaftig zum Totlachen, Dicker?" fragte der Baron spöttisch. „Es soll Leute gegeben haben, die sich geradewegs ins Grab gelacht haben."

„Versuch's doch mal zwischen den Zehen", schlug Blacky vor

Rudi Rotz ertrug das Kitzeln nicht länger. „Ohohoho... Ich kann... ohohoh... nicht... ohoho... mehr!... Ich sag alles... Nur aufhören!" bettelte er. „Ohohoho..., aufhören."

Adi ließ die Feder sinken. „Wir hören, Freundchen. Wer steckt hinter dem Banküberfall?"

Der Gangster atmete erschöpft. „Ich weiß es wirklich nicht! Halt! Nicht wieder kitzeln. Es stimmt, daß ich nicht zufällig in der Bank war und daß das mit der Pistole abgesprochen war", sprudelte er hastig vor. „Aber wer der verkleidete Bankräuber war, weiß ich wirklich nicht."

„Das klingt reichlich verworren!" sagte Adi mit warnendem Unterton in der Stimme.

„Ich habe doch nur dem Irokesen einen Gefallen getan!" redete Rudi Rotz hastig weiter und schniefte.

„Wer ist der Irokese?"

„Ein Rausschmeißer, der früher mal für mich gearbeitet hat und dem ich noch einen Gefallen schuldig war. Wie er wirklich heißt, weiß ich nicht. Alle nennen ihn Irokese, weil er sich den Kopf bis auf einen schmalen, rot gefärbten Haarstreifen kahl rasiert hat."

„Ein Punker also", stellte Adi fest. „Weiter!"

„Der Irokese tauchte letzte Woche bei mir auf und erzählte mir was von einem Coup, den sein Boß ausgetüftelt hat und für den er meine Hilfe brauchte. Für wen er jetzt arbeitet, hat der Irokese nicht gesagt, nur daß sein Boß sich an einem Bullen rächen wollte und jemanden braucht, der verläßlich ist und noch nicht in der Bullenkartei steht. Er gab mir dann eine Telefonnummer, unter der ich zu einer ganz bestimmten Stunde mit seinem Boß sprechen und die näheren Einzelheiten meines Jobs erfahren sollte."

„Und das hast du auch gemacht", drängte Adi.

„Ja, nachdem ich das Kennwort gesagt hatte..."

„Was für ein Kennwort?" hakte Adi sofort nach.

„Lukas Lollipop."

„Weshalb ausgerechnet Lollipop?" fragte Adi stirnrunzelnd.

„Was weiß ich! Vielleicht hat er dauernd 'nen Lutscher im Maul oder so. Also, ich hab angerufen, das Kennwort gesagt und dann meine Anweisungen erhalten..., daß ich dem Bankräuber die

Pistole aus der Hand und den Hut vom Kopf schlagen sollte. Das war alles. Und mehr weiß ich wirklich nicht."

„Was war das für eine Stimme?" wollte Adi wissen.

„Sie klang dumpf und etwas verzerrt. Er hat wohl ein Taschentuch über die Telefonmuschel gehalten. Auf jeden Fall hab ich sie nie zuvor gehört. Das ist alles", beteuerte der dicke Gangster. „Mehr weiß ich nicht. Es hat mich auch nicht interessiert."

„Und was weißt du noch über diesen Irokesen? Wo treibt er sich gewöhnlich herum?" fragte Adi.

„Soviel ich herausgehört habe, treibt er sich zur Zeit auf der Kirmes herum. Aber wo genau, das kann ich nicht sagen."

Adi griff noch einmal zur Feder, um auch ganz sicher zu sein, daß Rudi Rotz wirklich alles gesagt hatte, was er wußte. Und das hatte der Dicke auch. Es war keine weitere Information mehr aus ihm herauszukitzeln.

„Okay, dann wollen wir dir mal glauben", schloß er diese ungewöhnliche Art des Verhörs ab und bedeutete seinen Freunden, den restlos erschöpften Gangster loszulassen. „Doch ich warne dich! Versuch bloß nicht, Kontakt mit dem Irokesen aufzunehmen! Denn dann kommen wir wieder, Dicker."

„Und dann wird dir das, was du heute mitgemacht hast, wie ein lustiges Spielchen vorkommen", fügte Blacky drohend hinzu.

„Ich will damit nichts zu tun haben!" beteuerte Rudi Rotz total verängstigt.

Adi machte eine ungeduldige Kopfbewegung. „Kommt, wir haben seine Gastfreundschaft lange genug in Anspruch genommen. Auf uns wartet noch eine Menge Arbeit."

„Warum schleppen wir die Rotznase nicht aufs Polizeipräsidium?" fragte Tino, als sie das Haus verließen und zum Bus gingen. „Seine Aussage beweist doch, daß man Klicker eine Falle gestellt hat und er völlig zu Unrecht in Untersuchungshaft sitzt."

„Mach dich doch nicht lächerlich", sagte Blacky. „Du glaubst doch wohl nicht im Ernst, daß Rudi Rotz sein Geständnis vor der Polizei wiederholt! Daß wir die Wahrheit aus ihm herausgekitzelt haben, ist juristisch völlig wertlos..."

„... und fällt strenggenommen unter den Tatbestand des rechtswidrigen Verhörs unter Zuhilfenahme gewaltsamer, erpresserischer Methoden", fügte der Baron säuerlich hinzu. „Und das ist strafbar."

Adi pflichtete ihm bei. „Wir wären also selber reif für den Kadi, wenn wir Koopmann davon erzählen. Nein, wir brauchen handfeste Beweise. Rudi Rotz ist in diesem dreckigen Spiel ja nur eine mehr oder weniger unwichtige Nebenfigur. Wir brauchen den echten Bankräuber – und diesen Irokesen!"

„Lukas Lollipop", sinnierte Blacky laut. „Klingelt bei einem von euch was bei dem Namen?"

Niemand hatte je zuvor von einem Lukas Lollipop gehört.

„Vermutlich handelt es sich um einen Decknamen", meinte Tino. „Ein Gangster, der auf Lutscher wild ist."

„Ach, nee!" sagte Carlo gedehnt. „Darauf wäre ich wirklich nicht gekommen."

„Und was jetzt?" wollte Blacky wissen.

„Wir fahren zur Festwiese und mischen uns auf der Kirmes unter das Volk!" sagte Adi. „Jetzt am späten Nachmittag wird zwar bestimmt viel los sein, aber dennoch dürften wir gute Chancen haben, einen so auffälligen Burschen wie den Irokesen auch in solch einem Menschengewimmel zu finden. Dann sehen wir weiter."

„Am besten teilen wir uns in drei Gruppen auf. Dann haben wir noch bessere Aussichten, diesen Möchtegern-Indianer aufzustöbern", schlug Carlo vor.

„Gute Idee", sagte Adi. Und sie fuhren los.

Alles paletti

Der Jahrmarkt war in der Abenddämmerung schon von weitem zu sehen und zu hören. Er erstrahlte in einem prächtigen, vielfarbigen Lichterglanz. Achterbahn, Raketenkreisel und Riesenrad, von flackernden Leuchtketten umschlungen, ragten aus dem Meer der zahllosen Buden, Karussells und anderen Attraktionen. Ein fröhlicher Stimmenwirrwarr, in dem sich überall Musik und die anderen vielfältigen Geräusche einer Kirmes mischten, drang über den Platz. Und die Luft war erfüllt vom Duft gebrannter Mandeln, frischer Zuckerwatte, brutzelnden Bratwürsten und heißen Krapfen.

„Au, fein!“ rief Bodo freudestrahlend, als der Jahrmarkt vor ihnen auftauchte und Carlo das Glück hatte, nahe am Haupteingang auf dem Parkplatz eine Lücke zu finden. „Auf einer Kirmes war ich schon lange nicht mehr.“

„Wir sind nicht zum Vergnügen hier“, wies der Baron ihn zurecht.

„Laß ihn“, sagte Adi begütigend. „Also, ich zieh mit Carlo los. Tino und der Baron bilden Gruppe zwei. Und Blacky sieht sich gemeinsam mit Bodo um.“

„Wo und wann treffen wir uns wieder?“ fragte Tino.

Adi blickte auf die Uhr. „In einer Stunde bei der Kasse vom Riesenrad. Das ist gar nicht zu verfehlen. Also dann, Abmarsch, Freunde. Und haltet die Augen offen!“

„Hatte auch nicht vor, Blindekuh zu spielen“, brummte Blacky, dem es gar nicht paßte, ausgerechnet mit Bodo auf die Suche zu gehen. Bodo war ja ein lieber und netter Kerl, aber man mußte ständig ein Auge auf ihn haben, damit er keine Dummheiten anstellte.

Blackys dunkle Ahnungen wurden bestätigt. Kaum hatten sie sich unter die Kirmesbesucher begeben, als Bodo plötzlich stehenblieb. „Du, ich hab' was vergessen! Warte hier. Ich bin gleich wieder zurück!“ Und bevor Blacky etwas erwidern konnte, rannte Bodo schon davon.

Fünf, sechs Minuten später kam er zurück.

Blacky glaubte, seinen Augen nicht trauen zu dürfen. Auf Bodos Schulter hockte Al Capone – und die Gans Gertrude watschelte an der kurzen Leine neben ihm her.

Blacky schnappte nach Luft, faßte sich dann und stieß aufgebracht hervor: „Sag mal, bist du noch ganz bei Trost, deine Viecher mitzuschleppen?“

Bodo sah ihn unschuldig an. „Aber wieso denn? Al Capone

und Trudchen sind gut erzogen. Sie tun keinem was und bleiben schön bei mir. Sie waren den ganzen Nachmittag im VW eingesperrt, und jetzt brauchen sie ihren Ausgang."

„Ausgang! Ausgang!" polterte Blacky. „Bei dir hat sich jetzt wohl auch noch der letzte Rest Verstand verflüchtigt! Wir machen doch keinen fröhlichen Bummel durch irgendwelche stillen Wälder! Mit 'nem Kater und 'ner Gans auf 'ner Kirmes rumzuziehen, so was Bescheuertes! Da fallen wir auf wie 'ne Giraffe unter Gartenzwergen!"

„Ach, das bildest du dir nur ein", erwiderte Bodo, während Al Capone ihm das Ohr mit seiner kleinen, rauhen Zunge leckte und Gertrude ungeduldig an der Leine zog.

„Bring sie sofort in den Bus zurück!" verlangte Blacky.

„Das geht nicht. Sie brauchen frische Luft und Bewegung", beharrrte Bodo, dem das Wohlergehen seiner Schützlinge wichtiger war als so manches andere.

„Dann kannst du allein über die Kirmes ziehen!" explodierte Blacky. „Ich jedenfalls mache mich mit dir nicht zum Narren. Falls du es dir doch noch anders überlegst, kannst du mich beim Bierzelt finden. Dort werde ich zehn Minuten warten!" Er deutete die Gasse hinunter, drehte sich um und schritt hastig davon.

„Blacky! So warte doch!" rief Bodo betroffen.

Doch Blacky tauchte in der Menge unter. Irgendwo hatte Gutmütigkeit auch ihre Grenzen, und die hatte sein Freund seiner Ansicht nach bei weitem überschritten.

Bodo blickte betrübt drein. Dann zuckte er die Achseln.

„Er wird sich schon wieder beruhigen, und euren Auslauf habt ihr verdient, wo ich euch so vernachlässigt habe", sagte er, kraulte Al Capone kurz die Brust und fuhr Gertrude über den Kopf, wobei sie ihren langen Hals streckte. Die belustigten Blicke und das gelegentliche Kopfschütteln anderer Kirmesbesucher bemerkte er gar nicht.

„Na, dann kommt mal, schauen wir uns ein wenig um", sagte Bodo und folgte dem Menschenstrom. An einer Bude kaufte er für Al Capone eine Lakritze, für Gertrude eine Tüte Popcorn und für sich köstlich-klebrige Zuckerwatte.

Gemächlich spazierte er an den vielfältigen Kirmesattraktionen vorbei.

Eine kleine Menschentraube erregte seine Neugierde. Die Menschen umstanden eine kleine Plattform vor einem großen Zelt, das die weithin sichtbare Aufschrift OTTO CRAWALLOS BOX-HALLE trug.

Drei muskulöse Männer in glänzenden Boxershorts tänzelten auf dem Bretterpodest hin und her und veranstalteten ein Schattenboxen, während ein schmächtiger Mann mit einem Megaphon die Zuschauer zu einem Kampf gegen die Boxer aufforderte.

„Na, wer von euch hat Mumm genug, um gegen Alex den Unbesiegbaren, Ronnie die Dampfwalze oder Karl den Kahlschläger anzutreten?“ tönte er. „Hundert Mark für denjenigen, der den Drei-Runden-Kampf übersteht, ohne zu Boden zu gehen! Dreihundert Mark, wer seinen Gegner auf die Matte wirft! Na, wer traut sich? Nur Mut! Oder haben sich heute hier nur Schwächlinge und Muttersöhnchen versammelt?“

Bodo fuhr erschrocken zusammen, als plötzlich eine kräftige Hand auf seine rechte Schulter krachte und eine rauhe Stimme rief: „Wenn das nicht der gute alte Bodo ist, will ich ab morgen nur noch Müsli essen!“

Bodo fuhr herum. Vor ihm stand ein kleiner, gedrungener Mann mit zerfurchtem Gesicht und einer Schiebermütze auf dem Kopf.

„Otto!“ rief Bodo freudig überrascht. „Du bist es!“

„Jawohl, Otto Crawallo, wie er leibt und lebt!“ lachte der Kleine. „Himmel, wir haben uns ja schon seit Ewigkeiten nicht mehr gesehen!“

Bodo kannte ihn aus der Zeit, als er noch von einer Karriere als Profiboxer geträumt hatte. Damals war Otto Crawallo sein Trainer gewesen. Doch als er erkannt hatte, daß Bodo trotz seiner immensen Körperkräfte als Boxer eine glatte Niete war, weil er nicht einmal einer Fliege was zuleide tun konnte, hatte er ihn abgeschoben.

„Ist das dein Unternehmen?“ fragte Bodo und wies auf das Zelt.

„Na klar, tingle mit meinem Verein durch die Welt, Bodo. Ist zwar keiner dabei, der dir das Wasser reichen könnte", log er, „aber man muß ja nehmen, was man kriegen kann. Und was treibst du so?"

„Ach, dies und das..."

„Mit dem Boxen aufgehört?"

Bodo nickte.

„Dann wird es Zeit, daß du wieder mal in den Ring steigst, Champion", redete Otto Crawallo, ein gutes Geschäft witternd, auf ihn ein. „Kannst dir auf die schnelle einige Hunderter verdienen. Na komm, zier dich nicht so. Diese Luschen machst du doch einhändig fertig."

„Du, ich weiß nicht", sagte Bodo zögernd. „Ich wollte gerade Al Capone und Gertrude ein bißchen ausführen..."

Otto Crawallo warf einen geringschätzigen Blick auf den Kater und die Gans. „Bring sie mit. Drei Runden, was ist das schon! Komm schon, tu mir den Gefallen. Aus alter Freundschaft", beschwatzte er ihn und zog ihn die Stufen zum Podest hinauf. Dann nahm er seinem Angestellten das Megaphon weg. „Wertes Publikum, einen Freiwilligen haben wir schon! Dieser erfahrene Boxer, früher auch unter dem Namen Bodo der Bomber bekannt und gefürchtet, nimmt die Herausforderung an und wird gegen Alex den Unbesiegbaren in den Ring treten. Es wird einen spannenden Kampf geben! Sichern Sie sich die besten Plätze am Ring, und lösen Sie ein Ticket für die nächste Vorstellung! Mit drei Mark sind Sie dabei!" Dann gab er das Megaphon an seinen Angestellten zurück und raunte ihm zu: „Heiz sie richtig an. Mit dem Dummkopf haben wir heute den Haupttreffer gezogen. Die werden alle sehen wollen, wie Alex zu Boden geht."

Bevor Bodo wußte, wie ihm geschah, hatte Otto Crawallo ihn schon ins Zelt geführt. „Komm, wir sperren die Katze und die Gans in einen Käfig. Habe da hinten einen Bretterverschlag."

„Das ist nicht nötig, Otto. Al Capone und Gertrude hören aufs Wort und bleiben ganz brav sitzen, wenn ich es ihnen befehle", versicherte Bodo und plazierte seine beiden Schützlinge auf einen Stuhl ganz nahe am Ring. „Aber eigentlich wollte ich gar nicht boxen..."

„Wertes Publikum, einen Freiwilligen haben wir schon!“ rief Otto Crawallo ins Megaphon

„Ach, papperlapapp“, wischte der gerissene Boxveranstalter Bodos Einwand beiseite. „Du bist fit, das sehe ich doch. Und schau doch nur, wie die Leute hereinströmen. Wer A sagt, muß auch B sagen. Hier, zieh die Boxhandschuhe an!“

Alex der Unbesiegbare, ein stiernackiger Bursche mit einem kantigen Gesicht, zog seinen Arbeitgeber beiseite. „Bist du noch zu retten, mir so einen Gegner aufzuhalsen?“ zischte er wütend. Noch dazu einen ehemaligen Boxer?“

„Mach dir nicht ins Hemd!“ raunte Otto zurück. „Der Kerl sieht nur so bedrohlich aus, in Wirklichkeit ist er total harmlos.“

„Harmlos? Der ist doch gebaut wie ’n Kleiderschrank! Und

Pranken hat der, so groß wie Bahnhofsuhren!"

„Aber er hat Skrupel, richtig loszulegen. Hab ihn vor Jahren mal als Trainer gehabt. Ein völliger Versager, der keinem was tun kann. Schau ihn dir doch nur an, wie er seinen blöden Tieren zuredet, als könnten sie ihn verstehen! Mensch, Alex, der bringt uns 'n volles Zelt. Vertrau mir, den kannst du mit zwei schnellen Kombinationen so leicht von den Füßen holen wie 'n Wirbelwind 'ne Kokosnuß von der Palme pflückt!" versicherte er. „Aber laß dir bloß Zeit. Nimm ihn erst in der dritten Runde auseinander!"

Alex war noch immer nicht recht überzeugt, nickte dann aber. „Also gut, aber wenn er mir 'n blaues Auge schlägt, krieg ich 'ne Extraprämie, Otto!"

„Mit dem spielst du Pingpong, wirst sehen", beruhigte ihn Otto Crawallo und eilte dann zu Bodo zurück. „Ab in den Ring mit dir. Gleich geht's los!"

Immer noch widerstrebend, zwängte sich Bodo durch die Seile in den Ring und nahm in der Ecke auf einem Hocker Platz. Das Zelt hatte sich tatsächlich gefüllt.

Dann schlug die Glocke an.

„Los, ab die Post, Bodo! Zeig ihm, wie man anständig boxt!" feuerte Otto ihn an.

Alex der Unbesiegbare umkreiste Bodo vorsichtig und gab dann ein paar Testhiebe ab, um die Reaktion seines Gegners zu prüfen. Und er fand bestätigt, was Otto Crawallo ihm gesagt hatte. Bodo der Bomber war ein echter Blindgänger. Wie ein behäbiger, plumper Bär ließ er sich durch den Ring treiben und beschränkte sich nur darauf, sich vor dem immer heftiger werdenden Hagel von Schlägen so gut es ging zu schützen.

Die Zuschauer feuerten ihn dennoch an.

„Wehr dich, Bodo!"

„Schlag doch zurück, Mann!"

„Auf die Nuß, Bodo! Gib dem Quadratschädel eins auf die Zwölf!"

Bodo konnte einfach nicht. Und die Katastrophe schien ihren Lauf zu nehmen. Alex legte nun richtig los und prügelte auf ihn ein. Wenn Bodo nicht solche Nehmerqualitäten gehabt hätte,

hätte er schon in der ersten Runde k.o. auf der Matte gelegen. Pfiffe und Schmähungen der enttäuschten Zuschauer gellten durch das Zelt, als Bodo am Ende der ersten Runde benommen in seine Ecke wankte.

Gong zur zweiten Runde.

„Jetzt nehm' ich dich auseinander!" freute sich Alex und stürmte auf ihn ein.

Bodo taumelte gegen die Seile.

In dem Moment flatterte Gertrude von ihrem Sitz in den Ring und griff Alex an. Mit ihrem harten Schnabel hämmerte sie gegen die linke Wade von Alex dem Unbesiegbaren.

Gelächter brandete durch das Zelt.

„Verschwinde, du Miststück!" schrie Alex, wütend über diese Störung, die ihn lächerlich machte. Er trat nach der Gans, verfehlte sie aber. Gertrude watschelte schnell um ihn herum und bekam nun seine Boxershorts mit ihrem Schnabel zu fassen.

„Sie zieht ihm die Hose aus!" brüllte einer der Zuschauer begeistert. Jubel kam im Zelt auf. Das war ganz nach dem Geschmack des Publikums, das für sein Geld etwas geboten bekommen wollte.

„Ich dreh' dir den Hals um!" schrie Alex, wirbelte herum und bekam Gertrude wirklich am Hals zu packen. Er riß sie hoch und schüttelte sie. Gertrude schlug wild mit den Flügeln und schnatterte ängstlich.

Als hätte der Kater Gertrudes Geschnatter als Hilferuf verstanden, griff er in das merkwürdige Geschehen im Ring ein. Al Capone sprang mit einem Satz vom Stuhl auf den Ringpfosten hinter dem Kirmesboxer und fauchte ihn drohend an. Alex versuchte ihn mit einem schnellen Schlag mit der Linken vom Pfosten zu fegen, doch der Kater rettete sich mit einem Sprung auf das Seil, hüpfte von da auf den Ringboden und verkrallte sich dann in Alex' rechten Socken.

Der Boxer fluchte wutentbrannt und versuchte den Kater abzuschütteln.

Nun kam Leben in Bodo. „Hör sofort auf damit! Gib Gertrude frei, dann tut dir Al Capone auch nichts."

„Den Teufel werde ich tun! Ich mach aus den beiden Hackfleisch!"

„Wenn du Gertrude auch nur eine Feder krümmst, kriegst du es mit mir zu tun!" drohte Bodo außer sich vor Zorn.

„Reiß deinen Mund nicht so weit auf, du Waschlappen!" fuhr Alex ihn an. Es gelang ihm, den Kater abzuschütteln, der über die Matte purzelte. „Gleich bist du wieder dran! Aber zuerst mach ich diesem blöden Federvieh den Garaus..."

Nun sah Bodo rot. Vergessen waren Sanftheit und Rücksichtnahme. Seine linke Gerade schoß vor und schleuderte Alex zurück. Der ließ vor Schreck und Schmerz die Gans los, die sich schnell in Sicherheit brachte.

Die Leute im Zelt johlten auf.

„Gut so, zeig's ihm!"

„Titsch ihm eins, Bodo!"

„Gib ihm ein paar an die Glocke, Mecki!"

Es hätte dieser Anfeuerungsrufe gar nicht bedurft, um Bodo auf Touren zu bringen. Wenn jemand sich an seinen Schützlingen zu vergreifen drohte, lief er quasi aus dem Stand zur Höchstform auf. Und das bekam Alex, der angeblich unbesiegbare, nun schmerzhaft zu spüren. Bodo nahm ihn nach allen Regeln der Boxkunst in die Mangel. Alex sah Sterne vor seinen Augen aufblitzen. Und dann schickte ihn ein Aufwärtshaken rücklings auf die Matte. Benommen kauerte er am Boden und stierte mit glasigem Blick hoch. Obwohl der Schiedsrichter eindeutig für Alex Partei ergriff und ihn ganz langsam anzählte, sah es nicht so aus, als würde er noch früh genug auf die Beine kommen. Er schien erledigt.

Die Zuschauer schrien begeistert auf.

Hastig hämmerte Otto Crawallo auf den Pausengong und rettete damit seinen Boxer vor der Niederlage. Er zog Bodo in die Ecke und drückte ihn auf den Hocker. „Das hast du ausgezeichnet gemacht, Bodo! Wußte doch, daß du es schaffen würdest. Du hast eben das Zeug zu einem echten Kämpfer", sagte er scheinheilig und gab einem seiner Helfer das für diese „Notfälle" verabredete Zeichen.

„Eigentlich hab' ich ja gar nichts gegen diesen Alex...", begann

Bodo.

„Hier, wisch dir mal den Schweiß vom Gesicht“, unterbrach Otto Crawallo ihn und preßte ihm ein flauschiges Handtuch vor das Gesicht.

Bodo atmete einen merkwürdig strengen Geruch ein, der ihn augenblicklich benommen machte. Er ahnte nicht, daß das Handtuch mit Äther getränkt war.

„Los, es geht weiter!“ hörte er Otto sagen, und die Stimme kam aus weiter Ferne.

Nur mühsam kam er vom Hocker hoch. Benommen wankte er durch den Ring. Nur mit Mühe vermochte er die Augen aufzuhalten. Ihm war regelrecht schwindlig, und ihm war, als hätte er Pudding in den Beinen.

Alex grinste hämisch, wußte er doch, daß sein Arbeitgeber zur „Notbremse“ gegriffen hatte.

Bodo sah auf einmal einen Riesenboxhandschuh auf sich zurasen, spürte einen heftigen Schlag am Kopf – und ging zu Boden. Die Buhrufe und Proteste der Zuschauer, die zu Recht ein Foul vermuteten, hörte er schon gar nicht mehr.

Zwei von Otto Crawallos Helfern trugen Bodo hastig aus dem Ring und legten ihn in einer kleinen Nische, die von den anderen Räumlichkeiten des hinteren Zeltes durch einen verschlissenen Vorhang abgetrennt war, auf eine Campingliege.

Bodo hatte das Gefühl, als schwebe er schwerelos durch eine nebelerfüllte Traumwelt. Merkwürdige Geräusche und Stimmen drangen an sein Ohr.

„... ungestört sprechen ...“

„... ganz unter uns ... ins Land der Träume geschickt ... Also schieß los, Punky ...“

„... neues Ding drehen ... Genau bereden ...“

„Klar ... dabei ... Schotter immer gebrauchen ... Blöde Boxerei an den Nagel hängen ... Hoffentlich noch so ein satter Coup ...

„... Boß alles erklären ...“

„Wann und wo, Punky?“

„... heute nacht um zehn ... Alte Töpferei ... Fischteich ...“

„Paletti ...“

5 9497-6

„Da kommt jemand! Ich verschwinde. Bis dann um zehn!"
„Werd' da sein, Punky!"

Langsam öffnete Bodo die Augen. Noch immer hörte er die Stimmen, die ihm beide bekannt vorkamen. Doch er war noch zu benebelt, um wirklich aufmerksam hinzuhören. Benommen schüttelte er den Kopf und blickte Al Capone in die Augen. Der Kater hockte auf seiner Brust und miaute.

Bodo drehte den Kopf und atmete erleichtert auf, als er Gertrude erblickte, die am Vorhang rupfte. Für einen kurzen Moment sah Bodo durch den handbreiten Spalt das Profil eines bulligen Mannes, der eine Lederjacke mit abgeschnittenen Ärmeln trug. Seine nackten Arme waren übersät mit Tätowierungen. An seinem Ohrläppchen baumelte an einer dicken Sicherheitsnadel eine Rasierklinge. Den Schädel hatte er sich bis auf einen rot gefärbten Haarkamm in der Mitte kahlrasiert.

Bodo, noch immer benommen, kniff die Augen zusammen, und als er sie wieder aufmachte, war die Gestalt auf der anderen Seite des Vorhanges verschwunden. Er fuhr sich mit der Hand über das Gesicht und richtete sich auf.

Im nächsten Moment hörte er die vertraute Stimme von Blacky. „Und ob ich hier rein kann! Aus dem Weg, Schiebermütze!"

Der Vorhang wurde zurückgerissen – und Blacky stand vor ihm. Er stemmte die Fäuste in die Hüfte. „Also du warst es wirklich, der hier gegen die Boxschwindler angetreten ist!" stieß er grimmig hervor. „Mein Gott, kann man dich denn nicht zehn Minuten allein lassen, ohne daß du irgend etwas anstellst?"

„Aber ich wollte Otto doch nur einen Gefallen tun, wo er doch früher mal mein Trainer war", verteidigte sich Bodo.

„Dieser Otto Crawallo ist ein verfluchter Betrüger und Halsabschneider!"

„Du, das glaube ich nicht. Er war fest davon überzeugt, daß ich Alex schlage..."

Blacky verzog das Gesicht. „Klar, er war geradezu wild darauf, dich gewinnen zu sehen und dir dann dreihundert Mark zu zahlen, ja?" sagte er sarkastisch. „Mann, du hättest dir an fünf Fingern abzählen können, daß er dich unterbuttern wollte. Aber

Den Schädel hatte der Mann sich bis auf einen rot gefärbten Haarkamm in der Mitte kahlrasiert

lassen wir das. Los, komm hoch! Wir haben noch Arbeit vor uns."

„Du, als ich da auf der Liege lag, habe ich von diesem Indianer geträumt", begann Bodo, als Blacky ihm auf die Beine half. Und korrigierte sich dann: „Das heißt, mir ist da so ein Bild von einem Rotschopf erschienen..."

„Verschon mich bloß mit deinen Träumen und Erscheinungen, Bodo!" knurrte Blacky.

„Du willst also nicht wissen, was..."

„Nein, von deinen Geschichten habe ich für heute genug", fiel Blacky ihm ins Wort. „Und jetzt ab die Post. Adi und die anderen werden schon ungeduldig auf uns warten."

Bodo runzelte verwundert die Stirn. Irgendwie fand er das

schon merkwürdig. Erst waren sie so scharf darauf, über diesen Indianer etwas in Erfahrung zu bringen, und dann interessierte sich Blacky überhaupt nicht mehr dafür. Vielleicht hatte er mal wieder alles falsch verstanden, und es war wirklich besser, wenn er den Mund hielt.

Das tat Bodo dann auch, als sie zu ihren vier Freunden vom *Park-Hotel* stießen.

„Fehlanzeige!" stellte Adi enttäuscht fest. „Vielleicht sollten wir später noch mal über die Kirmes gehen. Fahren wir also erst mal ins Hotel zurück und stärken wir uns."

Schweigend kehrten sie zu ihrem Bus zurück.

Nur Al Capone und Gertrude zeigten sich fröhlich und unbekümmert. Sie hatten den Ausflug und die Einlage im Ring genossen.

Ausgerechnet Bodo

„Endlich kommst du!" brummte Blacky ungehalten, als Bodo ins Zimmer kam. „Ich dachte schon, du brauchst eine Extraeinladung." Tino, Carlo, Adi und der Baron saßen in ihrem privaten Salon um den Tisch, während Blacky das Abendessen servierte.

„Fräulein Glubsch hat mich so lange aufgehalten", entschuldigte sich Bodo und nahm am Tisch Platz.

„Was hat die denn schon wieder gewollt?" fragte Blacky. „Die soll mir bloß nicht mit Extrawünschen kommen. Heute ist die Hotelküche geschlossen."

„Sie brauchte neue Handtücher."

„Schon wieder?" frage Tino.

Der Baron räusperte sich. „Eine Dame, die sich pflegt..."

„...und sich täglich tonnenweise Schminke von der Fassade wischen muß", fiel Carlo ihm spöttisch ins Wort, „braucht natürlich bergeweise Handtücher. Dabei hat sie eine Visage, die mich in ihrer herben Schönheit an eine Bahnhofsuhr erinnert."

„Ich halte es für unter meiner Würde, zu diesem unqualifizierten

Angriff auch nur mit einem Wort Stellung zu nehmen", erwiderte der Baron verstimmt.

Das Haustelefon klingelte. Auf der Leuchttafel über der Tür flammte Nummer 18 auf – das Zimmer des besagten Fräulein Glubsch.

„Gibt diese Schachtel denn niemals Ruhe?" brummte Blacky und wollte aufstehen.

Doch der Baron war schneller und kam ihm zuvor. „Ich erledige das schon." Er ging zum Telefon und hob ab. „Heiner von Ho... Wie bitte?" Er lauschte dem Redestrom von Zimmergast Nummer 18. „Das tut mir leid, Fräu... Ja, natürlich. Ich stimme Ihnen zu, das ist unerhört... Nein, natürlich ist das nicht Sitte in unserem Haus... Sie können versichert sein, daß das nicht wieder vorkommen wird!... Ja, ich werde mich höchstpersönlich darum kümmern... Wünsche noch einen angenehmen Abend." Er legte auf.

„Na, was hat sie wieder zu meckern gehabt?" wollte Adi mit vollem Mund wissen.

Der Baron drehte sich zu ihnen um und fixierte Bodo. „Unser Tierfreund hat sich mal wieder eine unverzeihliche Taktlosigkeit erlaubt! Fräulein Glubsch hat sich zu Recht beschwert, daß Bodo mit seiner Gans in ihrem Zimmer erschienen ist."

„Aber es ist doch gar nichts passiert", warf Bodo kleinlaut ein. „Gertrude ist mir einfach durch die Beine geschwutscht und hat sich ein bißchen im Zimmer umgesehen."

„Eine Geschmacklosigkeit sondergleichen!" meinte der Baron.

Adi seufzte schwer. „Bodo, so etwas passiert nicht noch mal! Nächstens paßt du besser auf Al Capone und Gertrude auf!" zwang er sich zur Strenge.

„Ja, Adi", versprach Bodo mit gesenktem Kopf.

„Und damit hat es sich. Die Glubsch ist nicht unser Hauptproblem", wechselte Adi schnell das Thema und schob seinen Teller zurück. Er hatte keinen Appetit mehr. „Wir müssen uns etwas einfallen lassen, wie wir diesem Lukas Lollipop auf die Spur kommen, sonst ist Kommissar Klicker geliefert."

Mit Ausnahme von Bodo überlegten die Freunde vom *Park-*

Hotel angestrengt, wie sie vorgehen wollten. Aber keiner der Vorschläge, die zur Sprache kamen, war überzeugend.

„Wir drehen uns im Kreis", stellte Blacky nach einer Stunde niedergeschlagen fest.

„Ja, wir sitzen fest", pflichtete Carlo ihm bei.

„Wenn wir doch nur diesen Irokesen zwischen die Finger bekommen könnten", seufzte Adi. „Dieser Kerl scheint mir der Schlüssel zum Geheimnis von Lukas Lollipop zu sein.

„Vielleicht sollten wir noch einmal zur Kirmes fahren", meinte Tino.

„Du, Adi…", meldete sich Bodo, der lange mit sich gerungen hatte, nun zögernd zu Wort.

„Ja, was ist?"

„Vielleicht kann ich euch helfen…"

„Ausgerechnet du?" brummte Heiner skeptisch.

„Schieß los!" forderte Adi ihn auf.

„Kann sein, daß ich mir nur was eingebildet habe, als ich in dem Boxzelt auf der Liege lag", begann Bodo.

„Boxzelt? Wovon redest du überhaupt?" fragte Carlo verwundert.

Blacky erklärte den anderen rasch, was Bodo sich auf der Kirmes „geleistet" hatte.

„Also, was war dann im Zelt?" wollte Adi wissen.

„Na, ja, ich war da noch etwas benommen, aber ich habe da einen Burschen gesehen, der tätowierte Arme hatte, so eine dreckige Lederjacke mit abgeschnittenen Ärmeln trug und eine Rasierklinge an einer Sicherheitsnadel am Ohr hängen hatte", berichtete Bodo. „Und er hatte sich auch den Kopf rasiert… bis auf einen schmalen Streifen, der rot gefärbt war."

Adi sprang wie von der Tarantel gestochen auf und packte Bodo, der erschrocken zusammenfuhr, an den Schultern. „Einen Punker mit einem Irokesenschnitt?" stieß er hervor.

„Ja, er hat mit Alex dem Unbesiegbaren gesprochen…"

„Ich glaub', mein Schwein spielt Harfe!" rief Carlo. „Bodo hat den Irokesen gesehen – und statt uns das sofort zu sagen, läßt er uns stundenlang zappeln."

Blacky hüstelte. „Ich glaube, das war meine Schuld", gestand er ein. „Er wollte mir davon erzählen, aber ich bin ihm wohl ein bißchen zu scharf über den Mund gefahren. Ich dachte, er hätte da was zusammengesponnen...

„Mann, du bist mir vielleicht eine Pflaume!" meinte Carlo. Adi brachte sie zum Schweigen. „Bodo, hast du gehört, was die beiden gesprochen haben?"

Bodo zuckte die Achseln. „Ein bißchen. Alex nannte den Irokesen Punky und sagte irgend etwas von einem Treffen mit dem Boß..."

„Weiter! Was noch?"

Bodo furchte die Stirn und versuchte sich zu erinnern.

„Punky sagte dann etwas von einem satten Coup und von Schotter, den er gut gebrauchen kann... Vielleicht will er bauen."

Der Baron verdrehte die Augen.

„Ist das alles?" Adi war ganz aufgeregt.

„Ja, daß sie sich um zehn in der alten Töpferei am Fischteich treffen wollen", erinnerte sich Bodo. „Hilft euch das vielleicht?"

Adi drückte ihm einen Kuß auf die Stirn. „Ob uns das hilft, Bodo? Und ob! Du bist ein Goldstück! Bodo, du kannst Gertrude und Al Capone meinetwegen täglich dreimal durch das Zimmer von Fräulein Glubsch führen!"

Bodo strahlte.

Adi schaute auf die Uhr und klatschte in die Hände. „Jetzt ist Tempo angesagt, Freunde! Bis zur alten Töpferei sind es von hier nur ein paar Minuten. Aber es ist schon zehn. Also nichts wie los. Schnappen wir uns das saubere Gangstertrio!"

Gangstertreff alte Töpferei

Adi schaltete die Wagenscheinwerfer aus und lenkte den Kleinbus von der Landstraße. Er ließ ihn im Sichtschutz von hohen Büschen auslaufen und stellte den Motor ab.

„Von hier aus geht's zu Fuß weiter! Bis zur stillgelegten Töpferei sind es nur noch ein paar hundert Meter", sagte er.

So leise wie möglich stiegen die sechs Ex-Ganoven aus dem VW und folgten Adi, der sich auf dem Gelände bestens auskannte. Sie gingen im Gänsemarsch und hielten sich hinter dem Gestrüpp zwischen Waldrand und asphaltierter Straße. Adi legte ein flottes Tempo vor. Es war anstrengend, in geduckter Haltung über dieses unebene Gelände zu schleichen. Sie wagten auch nicht, ihre Taschenlampen einzuschalten, aus Angst, daß der Lichtschein sie möglicherweise verraten könnte. So kamen sie schnell ins Schwitzen.

„Schnauf nicht wie ein Walroß!" rief Carlo seinem Hintermann mit gedämpfter Stimme über die Schulter zu.

Blacky wischte sich den Schweiß von der Stirn. „Du Bohnenstange hast gut reden", schnaufte er. „Erstens ist es noch affig heiß. Zweitens hab' ich als einziger meinen Teller leergeputzt und bin daher nicht gerade fit für einen nächtlichen Geländemarsch", keuchte er. „Außerdem muß ich bei meinem soliden Gewicht ja doppelt so viel arbeiten wie du halbe Portion."

„Versuch's doch mal mit der Glubsch-Diät", zog Carlo ihn auf.

„Und woraus besteht die?"

„Aus Glibberottos, sprich Austern, und Aristokratensprudel, sprich Champagner!"

Tino und Bodo kicherten.

Adi blieb stehen und zischte. „Jetzt ist Ruhe im Dom! Da vorn liegt schon die Töpferei!"

„Wurde ja auch Zeit", schnaufte Blacky.

„Ganz vorsichtig jetzt! Wie auf Eiern!" ermahnte sie Adi.

„Bin noch nie auf Eiern gegangen", raunte Bodo.

„Dann versuch's mal auf Zehenspitzen!" flüsterte Carlo.

„Kommt jetzt!" befahl Adi und schlich geduckt auf das alte Backsteingebäude zu. An der Längsseite, die dem großen Teich zugewandt war, ragte ein gut zwanzig Meter hoher Schornstein in den Nachthimmel.

„Mensch, der schlägt den Schiefen Turm von Pisa ja um einiges!" meinte Carlo leise und deutete auf den Schornstein, der sich auch wirklich bedenklich zum Teich hin neigte.

„Da steht ein Motorrad!“ rief Blacky. Die schwere Maschine stand im tiefen Schatten eines baufälligen Seitentraktes.

„Hoffentlich sind die Geier noch nicht ausgeflogen“, meinte Adi.

„Zumindest brennt im Haus Licht.“

Hinter den mit Farbe angestrichenen Fenstern des Gebäudeteils, zu dem auch der schiefe Turm gehörte, flackerte Licht, das offenbar von einer Spiritusleuchte herrührte.

Sie schlichen sich näher heran, doch weil die Fensterscheiben von innen angestrichen waren, konnten sie außer einigen Schatten nichts sehen. Radiomusik übertönte zudem die Stimmen.

Adi bedeutete seinen Freunden, sich zurückzuziehen. Etwas abseits des Gebäudes besprach er sich mit ihnen. „Wir müssen blitzschnell zuschlagen, damit der Überraschungseffekt auf unserer Seite liegt. Daß die Gangster bewaffnet sind, können wir ja leider nicht ausschließen.“

„Das beste wäre dann, wenn wir von zwei verschiedenen Seiten losschlagen und sie in die Zange nehmen könnten“, meinte Carlo.

„Ja, das wäre ideal“, stimmte Adi ihm zu. „Aber uns wird leider nur ein Zugang ins Gebäude zur Verfügung stehen, den wir schnell und ohne viel Lärm knacken können – und das ist die Tür ganz vorn.“

Blacky nickte. „Ein Kinderspiel für unsere gutsortierte Dietrichsammlung“, sagte er und tätschelte den Beutel, der all die Spezialschlüssel enthielt. „Aber die anderen Tore sind mit dicken Ketten und schweren Vorhängeschlössern gesichert, da hast du recht, Adi. Sie aufzubrechen, dürfte auf die schnelle nicht möglich sein. Ein Angriff von zwei Seiten ist also nicht drin.“

„Vielleicht doch“, widersprach Carlo, der nun mal für sein Leben gern an Fassaden hochkletterte. „Die Regenrohre sehen noch recht brauchbar und vor allem belastbar aus. An ihnen aufs Dach hochzuklettern und über die Luke ins Gebäude zu kommen ist eine Sache von ein paar Minuten.“

„Du traust dem alten Gemäuer soviel zu?“ fragte Adi halb hoffnungsvoll, halb skeptisch.

Carlo grinste. „Mich Federgewicht tragen die Rohre doch allemal."

„Okay, dann rauf mit dir aufs Dach! Baron, gib ihm unser zweites Walkie-talkie", sagte Adi.

„Ich melde mich, wenn ich auf dem Dachboden bin", sagte Carlo.

Adi berührte ihn kurz am Arm. „In Ordnung, aber paß auf dich auf, Carlo. Geh bloß kein Risiko ein."

„Sehe ich so aus, als würde ich so etwas tun?"

Adi blickte in das unternehmungslustige, von freudiger Erregung gekennzeichnete Gesicht. „O ja, mein Freund. Du würdest auch noch auf einem Hochseil tanzen, wenn es bloß an einem seidenen Faden hängt!"

Carlo lachte. „Also, bis gleich!" Er huschte davon, lief geduckt zur Töpferei hinüber und kletterte mit der Leichtigkeit und Geschmeidigkeit eines Affen an dem rostigen Abflußrohr hoch.

Gespannt beobachteten seine Freunde, wie er sich an der Regenrinne hochzog und sich dann auf das Dach schwang. Auf allen vieren bewegte er sich dann auf die Dachluke zu und machte sich mit einem Schraubenzieher an ihr zu schaffen.

„Nichts als Rost", drang seine Stimme aus dem tragbaren Sprechfunkgerät. „Ein scharfer Blick genügt schon, und die Fassung gibt den Geist endgültig auf – aber dann gibt es Glasbruch."

„Laß dir Zeit und sei vorsichtig", sagte Adi eindringlich ins Walkie-talkie. „Wenn du da oben das Lukenglas zu Bruch gehen läßt, können wir uns gleich abmelden."

„Keine Sorge, ich hab' die Geduld eines Michelangelo und das Fingerspitzengefühl eines Meisterchirurgen", antwortete Carlo fröhlich.

„Ja, und die Unbekümmertheit eines Hornochsen!" brummte Adi.

Kurz darauf meldete Carlo: „Gefahr gebannt! Steige jetzt runter auf den Dachboden!"

Adi drückte die Sprechtaste: „Verstanden. Wir verschaffen uns jetzt vorn Einlaß." Die fünf Männer huschten zur Tür, und

Blacky machte sich an die Arbeit. Er brauchte keine zwei Minuten, um die Tür zu öffnen.

„Kein Licht!“ mahnte Adi, als sie vorsichtig eintraten. „Gewöhnt eure Augen an die Dunkelheit. Und paßt auf, wohin ihr eure Füße setzt. Hier liegt vermutlich eine Menge Schutt herum.“

Als sie sich an das Dunkel gewöhnt hatten, fanden sie Adis Vermutung bestätigt. Morsche Bretter, Ziegelsteine und anderer Bauschutt bedeckten den Boden. Doch es gab so etwas wie einen Gang, den jemand freigeschaufelt und von allen Stolpersteinen befreit hatte. Er führte durch mehrere Räume zu einer soliden Querwand mit einer provisorisch zusammengezimmerten Brettertür, durch deren Ritzen Licht sickerte. Dahinter lag der letzte Trakt mit dem Schornsteinanbau – der Treffpunkt der drei Gangster.

Adi preßte das Gesicht gegen die Brettertür und spähte durch einen Spalt in den Raum, der von einer Gaslampe erhellt wurde. Im Vergleich zu den anderen Räumen und Hallen der abbruchreifen Töpferei sah es hier recht wohnlich aus. Offenbar hatte der Irokese hier mietfreies Quartier bezogen und es sich häuslich gemacht. Es gab ein paar Regale aus aufeinandergestellten Ziegelsteinen und Brettern. Hier und da hingen einige gräßlich geschmacklose Poster. Eine ganze Menge Trödel stand herum. So gab es einen Sessel mit nur noch drei Beinen, einen Schrank, dessen Türen fehlten, und eine Couch, deren Federn die Stoffbespannung durchstoßen hatten und aus der Polsterung herausragten.

Vom Trödel stammte vermutlich auch die dicke Kunstpalme aus Gummi, die der Irokese in Ermangelung eines Topfes der Einfachheit halber in den Boden zementiert hatte. Der Punker schien die Absicht zu haben, hier länger wohnen zu bleiben und noch einiges auszubessern, denn Adi konnte im Blickfeld einige Säcke Zement, die er wohl irgendwo geklaut hatte, entdecken sowie eine alte Badewanne, in der er allem Anschein nach den Zement anrührte.

„Siehst du sie!“ fragte Carlo aufgeregt.

„Nein, sie müssen irgendwo rechts im Raum stehen, wo ich sie von hier aus nicht sehen kann“, flüsterte Adi zurück. Er hörte Musik aus einem Radio scheppern und ab und zu Stimmen.

„Hauptsache, sie sind da!“ meinte Blacky. „Worauf warten wir noch? Kaufen wir uns die Brüder!“

„Keine falsche Hast“, ermahnte Adi ihn zur Ruhe.

Carlo meldete sich wieder. „Adi! Adi, kommen!“

Adi griff zum Walkie-talkie. „Ich höre dich. Was gibt es?“

„Ich bin jetzt genau über ihnen“, gab Carlo seinen Standort durch. „Der Dachboden ist verdammt baufällig. Kann jeden Moment wie ein Fahrstuhl in die Tiefe sausen und den Burschen vor den Füßen landen.“

„Das wirst du schön bleiben lassen, Carlo!“ raunte Adi ins Walkie-talkie und blickte über seine Schulter. Blacky und Tino suchten sich aus dem Bauschutt etwas heraus, was ihnen als Waffe dienen konnte. Der Baron dagegen beteiligte sich nicht an der Suche. Er hatte ja seinen Spazierstock mitgebracht. „Wir sind hier noch nicht soweit. Also halte bloß die Stellung!“

„Werde das an die Holzwürmer weitergeben und sie bitten, mir nicht den letzten Halt unter den Füßen wegzufressen“, erwiderte Carlo spöttisch.

„Sag mal, kannst du die drei Gangster von da oben sehen und feststellen, was sie treiben?“ fragte Adi.

„Nicht von meiner jetzigen Position aus“, kam Carlos geflüsterte Antwort zurück. „Aber da vorn fällt Licht durch einen Spalt im Boden. Von da kann ich bestimmt runter in den Raum linsen. Ich robbe mal hin.“

„Aber allerhöchste Vorsicht!“ erinnerte Adi ihn. „Die Gangster können schon Verdacht schöpfen, wenn es ihnen plötzlich von oben auf den Kopf rieselt.“

„Wenn irgendwas von diesem morschen Dachboden rieselt, werde ich das sein“, sagte Carlo mit Galgenhumor. „Und dann hoffe ich, daß ihr schnell genug da drinnen bei dem Gangstertrio auf der Matte steht und mich ein klein wenig entlastet.“

Adi verzog das Gesicht zu einem breiten Grinsen. Das war typisch Carlo. Schwebte da oben in höchster Gefahr und machte darüber noch Witze.

„Keine Sorge, wir sind viel zu egoistisch, um dir ganz allein das Vergnügen zu überlassen, mit der Lollipop-Bande abzurechnen."
„Okay, haltet den Atem an! Ich robbe jetzt los."

Durchbruch auf der ganzen Linie

Carlo hatte wirklich nicht übertrieben. Der Dachboden dieses Gebäudetraktes war baufälliger als alles andere. Balken und Bodenbretter waren so morsch, daß sogar die Mäuse auf Zehenspitzen huschen mußten, um nicht einzubrechen.

Flach wie eine Flunder und das Gewicht möglichst weit verteilt, so kroch Carlo auf den Spalt im Boden zu, aus dem heller Lichtschein drang. Ganz deutlich hörte er die Stimmen der drei Gangster. Und ihm war so, als hätte er eine der Stimmen schon mal gehört, was ihn sehr verwunderte. Denn im Gegensatz zu Bodo war er ja weder diesem Alex noch dem Irokesen begegnet – und dem geheimnisvollen Lukas Lollipop schon gar nicht.

Angewidert verzog Carlo das Gesicht, als er in Spinnweben geriet, doch er robbte weiter. Jede Sekunde war kostbar. Sie wußten ja nicht, wie lange dieser Lukas Lollipop noch zu bleiben gedachte. Es war ein aufregendes Gefühl, zu wissen, daß sie den mysteriösen Gangsterboß gleich entlarven würden.

Obwohl er ja nun wirklich ein Leichtgewicht war, bogen sich die Bretter unter ihm, so sehr waren sie von Fäulnis und Holzwürmern angegriffen. Mehrmals stießen seine Finger durch morsches Holz wie durch lockeren Sand. Der Schweiß rann ihm über das Gesicht. Ihm war, als müßte man das Ächzen und Knarren des Gebälks überall hören. Doch die Gangster schienen nichts zu bemerken. Gelächter drang zu ihm hoch.

Endlich hatte er den Spalt erreicht und spähte hinunter in den Raum. Dabei holte er das Walkie-talkie hervor und hielt es ganz nahe vor seinen Mund.

„Adi, ich hab's geschafft", meldete er.
„Ausgezeichnet! Was siehst du?"

„Ich hab' die drei Kerle genau im Blickfeld. Sie stehen direkt unter mir um einen primitiven Tisch, auf dem Pläne ausgebreitet sind", gab Carlo durch und beschrieb die drei Männer. Alex den Unbesiegbaren und Punky den Irokesen erkannte er anhand von Bodos Beschreibung. Der dritte Mann mußte demnach der geheimnisvolle Lukas Lollipop sein.

„Wie sieht dieser Lutscher-Gangster aus?" wollte Adi wissen.

„Mittelgroß, stämmige Figur, grauschwarzer Vollbart, schwarzes Haar, grauer Filzhut, trägt dünne Lederhandschuhe und eine Goldrandbrille mit getönten Gläsern – und er hat tatsächlich einen Lutscher in der Hand", flüsterte Carlo ins Sprechfunkgerät und verlagerte das Gewicht, um noch besser zu sehen.

Das hätte er besser nicht getan. Der Boden gab plötzlich unter ihm nach, begleitet von einem häßlichen dumpfen Krachen.

„Es geht abwärts! Ende der Übertragung, Freunde!" stieß Carlo hervor, ließ das Walkie-talkie fallen und streckte geistesgegenwärtig die Arme aus, in der Hoffnung, noch irgendwo an einem halbwegs soliden Balken Halt zu finden. Vergeblich.

Mit einem gellenden, markerschütternden Schrei brach er durch die morsche Decke und krachte mit dem Allerwertesten auf den Tisch.

„Bodo!" schrie Adi auf der anderen Seite des Raumes, als er die Tür aufstoßen wollte und diese von innen verriegelt war. „Renn die Tür ein! Carlo ist in Gefahr!"

„Mach sie zu Kleinholz!" feuerte Blacky ihn an und packte die Latte, mit der er sich bewaffnet hatte, fester. Gleich würde es rundgehen!

„Für Carlo tu' ich alles!" rief Bodo und nahm Anlauf.

Carlo hatte indessen noch Glück im Unglück. Punky, der Irokese, hatte sich nicht die Mühe gemacht, einen richtigen Tisch zu zimmern, sondern nur eine Spanplatte über zwei Holzböcke gelegt.

Als Carlo nun auf dem einen Ende der Platte landete, verwandelte sie sich in ein Katapult. Das entgegengesetzte Ende schoß in die Höhe und erwischte den Irokesen, der sich gerade über die Pläne gebeugt hatte.

Mit einem markerschütternden Schrei brach Carlo durch die morsche Decke

Punky schrie auf, verdrehte die Augen und war vorübergehend außer Gefecht gesetzt.

„Alex!“ brüllte Lukas Lollipop. „Pack ihn! Laß ihn nicht entkommen!“

Carlo rutschte am anderen Ende der Platte zu Boden und blieb vor den Füßen des Boxers benommen liegen. Er hörte erschrockene Schreie. Zwei kräftige Hände rissen ihn in die Höhe, und er sah in das verzerrte Gesicht von Alex, der die geballte Faust zum Schlag erhoben hatte. Im Geiste sah Carlo sich schon bewußtlos in einer Ecke des Raumes liegen.

Im selben Augenblick splitterte die Tür. Bretter flogen durch die ehemalige Töpferhalle – und Bodo hatte noch so viel Schwung drauf, daß er mehrere Meter in den Raum taumelte. Er ruderte dabei, mit den Armen wild nach Halt suchend, durch die Luft.

Er prallte mit dem Gangsterboß zusammen, der herumgewirbelt war. Lukas Lillipop stürzte gegen einen der schweren Holzböcke.

„Oh, entschuldigen Sie, daß ich Sie angerempelt habe", sagte Bodo.

Adi, Blacky, Tino und der Baron stürmten nun in die Halle.

Alex war einen Moment vor Schreck wie erstarrt – und diese Chance nutzte Carlo. Er trat ihm kräftig vor das Schienbein und hieb ihm die Faust auf die Nase. Der Boxer schrie auf und ließ ihn unwillkürlich los, faßte sich aber sofort wieder.

Wie ein Stier, der rot sieht, stürzte er sich auf Adi und seine Männer. „Ich schlag euch zu Brei!" brüllte er und fegte erst Adi und dann auch noch Blacky von den Beinen. Dann wandte er sich Tino zu. „Und jetzt bist du an der Reihe, Nickelbrille!"

Tino wich zu Tode erschrocken zurück und spürte plötzlich im Rücken die Gummipalme. „Kommen Sie mir ja nicht zu nahe!" stieß Tino mit zitternder Stimme hervor. „Sie werden es bitter bereuen!"

„Ich werd' auf deinem Pferdegebiß Klavier spielen, du Würstchen!" zischte Alex der Unbesiegbare.

Tino handelte instinktiv richtig. Schnell trat er zurück, packte dabei die Gummipalme mit beiden Händen und bog sie, soweit er konnte, zurück. Als der Boxer angriff, ließ er los.

Die Gummipalme schnellte vor, erwischte den Kirmesboxer mit voller Wucht und legte ihn flach.

„Tino hat den Boxer mit der Palme von den Socken geholt!" rief Carlo begeistert, als Alex der Unbesiegbare zu Boden ging.

„Paß auf!" brüllte Blacky. „Der Irokese! Er hat einen Revolver in der Hand!"

Punky hatte sich inzwischen wieder erholt und seine Waffe gezogen. Er feuerte auf den Baron, der sich mit einem Sprung hinter die Badewanne in Sicherheit brachte. Die Kugeln jaulten über ihn hinweg und klatschten hinter ihm in die Wand.

Blacky packte blitzschnell einen noch halbvollen Sack Zement und schleuderte ihn dem Irokesen entgegen. Der Sack traf ihn vor die Brust, und der feine Zementstaub flog in alle Richtungen. Eine Nebelbombe hätte nicht viel wirksamer sein können.

Der Irokese hatte einen Großteil Zementstaub abbekommen. Er war damit von oben bis unten bedeckt. Er war ihm auch in die Augen gekommen, wo er ein schmerzhaftes Brennen hervorrief.

„Meine Augen!... Ich kann nichts mehr sehen!... Meine Augen brennen!... Ich hab' Zement in den Augen!" schrie er und ließ den Revolver fallen. Blind torkelte er durch den zementvernebelten Raum – geradewegs in die Arme des Barons.

„Bei mir bist du an der richtigen Adresse, Freundchen! Wäre doch zu unhöflich, wenn ich mich nicht für deinen herzlichen Gruß aus der Bleispritze entsprechend bedanken würde", sagte er und brachte ihn mit dem Knauf seines Spazierstocks zum Schweigen. „Aber ich bin ja kein Unmensch, ich werde dir den Zement aus den Augen waschen. He, Bodo!"

„Ja, Baron?"

„Gib mal den Wassereimer her, der da neben der Zementwanne steht, und dann fesselst du ihm die Hände."

Der Baron nahm Bodo den Eimer ab und schüttete dem Irokesen das Wasser ins Gesicht. Stöhnend erwachte Punky aus der Bewußtlosigkeit.

„Ruh dich noch was aus, du Sandkastenindianer! Du wirst deine Kräfte noch brauchen, wenn du nachher wegen versuchten Mordes vor dem Haftrichter stehst", sagte Heiner von Hohenschlaufe und setzte ihm den Spazierstock auf die Brust, während Bodo ihm die Hände fesselte.

„Lollipop setzt sich ab!" schrie Carlo warnend. „Er rennt hinten zum Kamin des Schornsteins!"

„Die Lampe!" brüllte Adi.

Seit Carlo durch die Decke gebrochen war und Bodo die Tür eingerannt hatte, waren noch keine dreißig Sekunden vergangen, auch wenn die Beteiligten das Gefühl hatten, das wilde Tohuwabohu würde schon Minuten dauern.

Lukas Lollipop hatte erkannt, daß er gegen die Übermacht keine Chancen hatte. Er suchte sein Heil nun in der Flucht. Während er zum Kamin rannte, riß er die Campingleuchte vom

6 9497-6

Wandhaken. Das Glas zersplitterte, und die Flamme erlosch. Es war plötzlich stockdunkel.

„Bodo! Blacky! Blockiert den Ausgang, damit er im Dunkeln nicht entwischen kann!" rief Adi.

„Er will durch den Schornstein ins Freie!" wandte Carlo ein. „Nichts wie hinterher! Im Schornstein sind bestimmt Steigeisen!"

Adi ließ sein Feuerzeug aufflammen. „Verdammt, du hast recht!" fluchte er. Der Gangsterboß war verschwunden.

Carlo war zuerst beim Kamineinstieg. Als er sich vorbeugte, krachte hoch oben im Schornstein ein Schuß. Die Kugel bohrte sich vor Carlos Zehenspitzen in den Boden. Erschrocken sprang er zurück.

„Der Mistkerl ballert wild um sich! Im Schornstein können wir ihm nicht folgen!"

Adi hob den Revolver auf, den der Irokese fallen gelassen hatte. „Er darf uns nicht entkommen. Wir schnappen ihn uns draußen. Aber einer muß hier die Stellung halten, falls er es sich anders überlegt."

„Ich übernehme das schon", sagte der Baron und nahm den Revolver mit spitzen Fingern entgegen.

„Dann nichts wie nach draußen!" forderte Adi seine Freunde auf.

Sie rannten los. In der Dunkelheit der Hallen war es aber mehr ein Stolpern. Tino fiel auf die Nase, und Bodo stürzte über ihn. Doch dann waren sie endlich im Freien und liefen um das langgestreckte Gebäude herum.

Fast wären sie zu spät gekommen.

„Da oben ist er!" schrie Carlo und deutete zur Schornsteinspitze hoch, wo Lukas Lollipop gerade auftauchte. Der Gangster feuerte wütend auf sie. Doch für einen Revolver war die Entfernung viel zu groß.

„Wir haben ihn!" jubilierte Blacky. „Jetzt sitzt er in der Falle. Runter kann er nicht mehr!"

Tino stieß plötzlich einen unterdrückten Schrei aus. „Der Schornstein! Er kippt!"

Blacky riß die Augen weit auf. „Heiliger Schornsteinfeger! Die

Detonation und das Gewicht des Gangsters haben ihm wohl den Rest gegeben!"

Der altersschwache Turm, der ja sowieso schon eine gefährliche Neigung aufgewiesen hatte, kippte jetzt ganz langsam in Dachhöhe weg.

Tino war entsetzt. „Das ist das Ende von Lukas Lollipop! Ein Sturz aus dieser Höhe – und er bricht sich alle Knochen. Mein Gott..."

„Von wegen!" meinte Adi. „Der Turm wird mit dem Gangster genau im Teich landen!"

„Zurück! Jetzt kracht's!" schrie Carlo.

Sie sprangen zur Seite, als der dicke Schornstein nun in fünf, sechs Meter Höhe auseinanderbrach. Und wie Adi gesagt hatte, stürzte der Schornstein mitten in den Teich.

Eine gewaltige Wasserfontäne stieg meterhoch in die Luft. Der Gischt erreichte sogar die Freunde vom *Park-Hotel*, obwohl sie doch noch ein gutes Stück vom Ufer entfernt waren.

„Los, suchen wir ihn!" befahl Adi. „Vielleicht hat er den Sturz überlebt."

Die Suche blieb jedoch ergebnislos, was kein Wunder war. Das Ufer des großen Teiches war von wild wucherndem Gestrüpp und dichtem Unterholz bedeckt. Zudem war es dunkel.

Adi brach die Suche bald ab. „Rufen wir Koopmann an. Soll er eine Mannschaft hier rausschicken. Wir können jetzt nichts mehr tun." Er wirkte ein wenig bedrückt. „So ein verdammtes Pech auch, daß gerade er uns entkommen mußte!"

Blacky legte ihm eine Hand auf die Schulter. „Hauptsache, wir haben Klicker vom Verdacht befreit – und das ist uns ja immerhin gelungen."

„Genau", stimmte Carlo ihm zu. „Der Irokese hat auf den Baron geballert. Das ist ein Mordversuch. Was meint ihr, wie der bei der Polizei singen wird, um seine Haut zu retten und mildernde Umstände zu bekommen! Und Alex wird sich garantiert auch nicht lumpen lassen und alles auf Lollipop und Punky schieben. Also, Klicker kommt garantiert heute nacht noch frei. Das ist doch schon ein Bombenerfolg!"

Adi nickte. „Aber einen Schönheitsfehler hat die Sache doch…, und der heißt Lukas Lollipop."

Carlo zuckte die Achseln. „Wer weiß. Vielleicht hat er den Sturz nicht überlebt und ist im Teich auf Tauchstation gegangen", sagte er und bekam bei der Vorstellung eine Gänsehaut. Lollipop war zwar ein skrupelloser Gangster, aber das war kein Grund, ihm den Tod zu wünschen.

Carlo ahnte nicht, daß er sich diese Sorgen gar nicht zu machen brauchte. Lukas Lollipop lebte, wenn ihn auch fast jeder Knochen im Leib schmerzte. Er hatte sich jede Menge Prellungen, Quetschungen und Hautabschürfungen zugezogen. Doch er hatte nicht nur überlebt, sondern war seinen Häschern auch entkommen. Er kauerte unter einem überhängenden Gebüsch im flachen Uferwasser. Als die Luft rein war, kroch er an Land. Bevor er zu seinem Wagen rannte, den er vorsichtshalber einen Kilometer von der alten Töpferei entfernt auf einem Waldweg versteckt hatte, hob er die geballte Faust.

„Dafür werdet ihr bezahlen!" flüsterte er haßerfüllt und tauchte dann in der Schwärze des Waldes unter.

Hau den Lukas!

Es war schon weit nach Mitternacht, doch in den Privaträumen des *Park-Hotels* ging es hoch her. Kommissar Klicker war aus der Untersuchungshaft entlassen und von seinen Freunden abgeholt worden.

Klicker lehnte sich mit einem wohligen Seufzer im Sessel zurück, während Carlo sein Glas noch einmal füllte. „Freunde, ich kann es noch immer nicht glauben, daß der Alptraum ein Ende hat und die beiden Gangster gestanden haben! Also, wenn ihr nicht gewesen wärt, hätte es für mich verdammt finster ausgesehen. Ich weiß gar nicht, wie ich euch danken soll."

„Das war doch Ehrensache, Kommissar!" versicherte Adi. „Es ist nur zu dumm, daß uns dieser Lukas Lollipop durch die Lappen gegangen ist. Daß er entkommen ist, daran gibt es nach Koopmanns Anruf ja wohl keinen Zweifel mehr." Die Spurensicherung hatte im Unterholz einen falschen schwarzen Bart und die getönte Brille gefunden, die Lollipop bei seinem Treffen mit Punky und Alex getragen hatte.

„Tja, man kann im Leben manchmal nicht alles haben", sagte Klicker, der den Hintermann natürlich auch gern dingfest gemacht hätte. „Aber dennoch haben wir allen Grund, uns zu freuen, daß alles so glimpflich abgelaufen ist."

Blacky schob seine Kochmütze zurecht, die ihm verrutscht war. „Ich hol' uns noch eine Flasche vom allerfeinsten Gurgelwasser und zaubere uns einen kleinen köstlichen Gaumenkitzel."

„Das ist aber wirklich nicht nötig", wandte Klicker ein. „Mach dir keine Arbeit in der Küche. Und von all dem guten Champagner wird mir ja ganz schwummerig."

„Heute wird gefeiert", erklärte Carlo ausgelassen. „Es geschieht ja nicht alle Tage, daß wir einen Kommissar aus dem Knast holen!"

„Wenn das mal nicht... hicks... in die Geschichte der... hicks... Verbrechensbekämpfung eingeht... hicks", verkündete Tino stolz und kämpfte mit einem Schluckauf.

„Jungejunge, du hast ja schon ganz schön von dem köstlichen Prickelwasser genossen, Tino", sagte Blacky fröhlich.

„Na, du hast aber auch einen flotten Schwung drauf", spottete Carlo. „Verpaß bloß die Tür nicht!"

„Sagt mal, wo bleibt denn der Baron?" wollte Klicker wissen. „Er wollte doch gleich zurück sein."

„Ach, er ist bei dieser blöden Tucke Glubsch", winkte Carlo ab. „Sie hat mal wieder irgendeinen Sonderwunsch, und der Baron läßt sich von ihr um den kleinen Finger wickeln."

Das Haustelefon schrillte, und auf der Leuchttafel ging das Licht Nummer 18 an.

„Schau an, sie haben wohl gespürt, daß wir über sie herziehen", spottete Adi und nahm ab. „Ja, bitte?... Oh, du bist es, Heiner! Wir wollten gerade schon eine Vermißtenanzeige aufgeben. Du weißt doch ganz genau, daß wir mit Klicker feiern wol... ...Was will sie haben?... Jetzt? Um diese Uhrzeit?... Komm, reg dich doch nicht sofort auf!... Okay, ja, ich hab' verstanden. Ich werde es Blacky ausrichten... Ja, hab' schon verstanden... das Übliche... à la Potafski... Ja, aber halt dich da oben nicht zu lange auf."

„Was ist denn jetzt schon wieder los?" fragte Blacky argwöhnisch, als Adi aufgelegt hatte.

„Die Glubsch will unbedingt Schampus und eine Platte Lachs à la Potafski."

„Die hat wohl einen Sprung in der Schüssel! Um diese Uhrzeit! Und was heißt hier Lachs à la Potafski? Davon habe ich noch nie gehört!" erregte sich Blacky.

„Komm Blacky, wir wollen doch heute keinen Streit", besänftigte Adi seinen Freund. „Hol eine Flasche aus dem Kühlschrank und knall ihr eine kleine Platte Lachs hin."

„Also gut", brummte Blacky und verschwand in der Küche.

Der Kommissar saß im Sessel, die Stirn gerunzelt, und nippte an seinem Glas. „Potafski... Potafski", murmelte er. „Irgendwie habe ich den Namen doch schon mal gehört..."

Carlo ging mit der Flasche herum. „Noch einen Schluck, Bodo?" fragte er.

Bodo der Bomber schüttelte den Kopf. „Ich hab' gerade einen Lutscher im Mund", sagte er. „Willst du auch einen?" Er zog einen runden Lutscher aus der Tasche und hielt ihn seinem Freund hin.

„Nee, für Süßes bin ich...", begann Carlo und wollte sich schon abwenden, als er plötzlich zusammenfuhr und ihm den Lutscher aus der Hand riß. „Bodo! Wo hast du den Lutscher her?"

Nicht nur Bodo, sondern auch Adi, Tino und der Kommissar schreckten zusammen.

„Was hast du, Carlo?"

„Lukas Lollipop!" stieß Carlo hervor und starrte fassungslos auf den Lutscher. „Hier steht es! Auf dem Lutscherpapier: Lukas Lollipop!"

Carlo war im nächsten Moment von allen umringt. Auch Blacky kam aus der Küche gelaufen.

„Ein Lutscher, der Lukas Lollipop heißt! Das kann doch unmöglich ein Zufall sein. Bodo, wo hast du den Lutscher her?" fragte Adi aufgeregt.

„Von Gertrude..."

„Red doch nicht so einen Stuß zusammen!" fuhr Blacky ihn an.

„Doch, es stimmt!" beteuerte Bodo. „Gertrude hatte sie im Schnabel, als die Glubsch sie aus dem Zimmer jagte. Ich hab' mich dann nicht mehr getraut, sie ihr zurückzugeben..."

„Gertrude hat die Lutscher aus dem Zimmer der Glubsch!" stieß Adi alarmiert hervor.

„Ja, ich..."

„Potafski!" rief Klicker. „Jetzt hab' ich's wieder! Serge Potafski! Ein Gangster mit halbrussischer Abstammung, der ein großartiger Verwandlungskünstler war und seine Verbrechen am liebsten als Frau verkleidet beging! Aber Potafski ist schon lange tot."

„Es geht gar nicht um diesen Potafski! Der Baron wollte uns damit nur einen Hinweis geben, daß wir es mit einem geschickten Verwandlungskünstler zu tun haben. Die Glubsch ist Lukas Lollipop!" schrie Blacky. „Die rauchige Stimme, die herben Gesichtszüge! Der Gangster hat sich als Frau verkleidet!"

Carlo schlug sich mit der flachen Hand vor die Stirn. „Na klar! Jetzt kapiere ich auch, wieso mir eine der Stimmen in der Töpferei so bekannt vorkam."

„Dann befindet sich der Baron da oben in höchster Gefahr", folgerte Adi.

„Sollte ich nicht besser ein Sonderkommando anfordern?" fragte Klicker.

Adi schüttelte den Kopf. „Der Gangster hat den Baron als Geisel. Nein, wir müssen schnell handeln, bevor er Verdacht schöpfen kann. Ich hab' schon eine Idee. Blacky, ab in die Küche mit dir! Her mit dem Champagner und einer Platte mit einer großen Silberabdeckhaube! Stell alles auf den großen, unten geschlossenen Servierwagen. Carlo, du holst deine Kletterausrüstung und seilst dich an der Fassade bis vor das Fenster der Glubsch ab. Aber paß auf, daß sie..., das heißt *er* dich nicht bemerkt!"

„Klar", versicherte Carlo und rannte aus dem Zimmer.

„Und was tun wir?“ fragte Tino.

„Keine Sorge, Tino. Du wirst mehr zu tun kriegen, als dir vermutlich lieb ist“, sagte Adi. „Von deiner Kaltblütigkeit und Geistesgegenwart wird gleich alles abhängen!“

Der Baron blickte in den Revolverlauf, den Lukas Lollipop auf ihn gerichtet hielt. Er hätte sich ohrfeigen können, daß ausgerechnet er einem verkleideten Gangster auf den Leim gegangen war. Was für eine Blamage! Das wog für ihn fast noch schlimmer als die Gefahr, in der nicht nur er, sondern auch seine Freunde schwebten. „Sie kommen damit niemals durch, Lollipop..., oder wie soll ich Sie nennen?“

Der Gangster, der wieder Frauenkleider und Langhaarperücke trug, verzog das Gesicht. „Bleiben wir ruhig bei Lollipop, du Schürzenjäger!“ sagte er höhnisch. „Und ich werde sehr wohl mit meinem Plan durchkommen. Ich habe schon mal dich als Geisel. Gleich kommt Nummer zwei hier ahnungslos hereinspaziert. Und dann wirst du unter einem Vorwand auch noch diesen verdammten Adi und Klicker hier aufs Zimmer locken. Dann wird abgerechnet. Klicker wird für die zehn Jahre bezahlen, die ich wegen ihm im Knast war!“

Der Baron suchte fieberhaft nach einer Möglichkeit, den Gangster zu überwältigen.

„Rühr dich bloß nicht von der Stelle!“ warnte der Gangster, der Heiners Gedanken ahnte. „Eine falsche Bewegung, und ich verpass’ dir ’ne Ladung Blei!“

Es klopfte an die Tür.

„Mach auf!“ zischte Lollipop und verbarg den Revolver schnell unter einem Schal. „Und vergiß nicht, daß ich dich genau im Visier habe.“

„Ich bin kein Selbstmörder“, erwiderte der Baron kühl und hoffte inständig, daß Adi oder Klicker den versteckten Hinweis verstanden hatte. Er öffnete.

Blacky stand mit dem großen Servierwagen, der unten herum geschlossen war, vor der Tür. „Champagner und Lachs auf feurig, scharfe Art... eben à la Potafski“, sagte er knurrig.

Doch der Baron verstand. Seine Warnung war angekommen!

„Herein damit!“ rief Lollipop. „Und mach die Tür zu!“

Blacky rollte den Servierwagen herein, schloß die Tür mit einem Fußtritt – und brachte einen täuschend echt wirkenden Schrei zustande, als der Gangster den Schal wegzog und ihn mit dem Revolver bedrohte.

„Was soll das?“ stieß er hervor und hob die Arme.

„Das ist Lukas Lollipop! Er will sich an uns rächen“, sagte der Baron schnell.

Blacky gab sich fassungslos. „Nein, ja... Aber...“

„Schnauze!“ fuhr der Gangster ihn an. „Hock dich in den Sessel da und behalt die Arme hoch, sonst schmeckst du blaue Bohnen, Pfannenschwinger!“

„Schade um den köstlichen Lachs und den Schampus“, meinte Blacky und folgte dem Befehl.

Lollipop grinste breit. „Keine Sorge, ich werd' das Zeug schon nicht verderben lassen. Müssen ja doch noch ein paar Minuten verstreichen lassen, bis der Baron Adi und Klicker aufs Zimmer lockt“, sagte er, wechselte den Revolver in die Linke und trat an den Servierwagen.

Der Baron hielt den Atem an. Er ahnte, daß gleich etwas passieren würde. Aber was?

Blacky blickte zum Fenster hinüber und sah einen Schatten. Carlo! Er war also bereit!

„Der Lachs ist unter der Silberhaube!“ sagte Blacky recht laut.

„Bin ja nicht von Dumm...“

Der Gangster bekam den Satz nicht mehr zu Ende. Als er die große Silberhaube anhob, schaltete er damit den elektrischen Zündmechanismus der fußballgroßen Konfettibombe ein, die Adi unter die Haube plaziert und scharfgemacht hatte.

Es gab einen ohrenbetäubenden Lärm, als der mit Konfetti gefüllte Pappball explodierte und seinen Inhalt dem Gangster geradewegs ins Gesicht schleuderte.

Er schrie auf.

Die Explosion war für Carlo das Zeichen zum Angriff. Mit einem gewaltigen Satz hechtete er durch das Fenster und ließ dabei die Glasscheibe in tausend Scherben zerspringen. Er hielt einen Feuerlöscher in der Hand, riß nun die Sicherung heraus und drückte ab. Der geballte Schaum schoß dem Verbrecher entgegen und hüllte ihn ein.

Im selben Moment stieß Tino, der sich unten im Servierwagen versteckt hatte, die kleinen Klapptüren auf.

„Hau den Lukas!“ brüllte er, um sich selbst Mut zu machen, schwang den schweren Steakklopfer und knallte ihn dem Gangster mit aller Kraft auf den Fuß. Das gab Lukas Lollipop den Rest. Er ließ die Waffe fallen, umfaßte seinen Fuß mit beiden Händen und torkelte schreiend durch das Zimmer.

Blacky und der Baron waren mit einem Satz bei ihm und überwältigten ihn.

„Donnerwetter, das nenn' ich aber einen gelungenen Überraschungsangriff“, sagte der Baron begeistert.

Klicker, Adi und Bodo kamen ins Zimmer gestürzt. „Habt ihr ihn?“

„Tino hat ihm den Fuß platt geschlagen, und Carlo hat ihn gründlich eingeseift!“ rief Blacky triumphierend.

Kommissar Klicker wischte sich den Angstschweiß von der Glatze. „Mein Gott, die Ungewißheit, ob der Plan auch funktionieren würde!“ stöhnte er unendlich erleichtert. „Das waren die schlimmsten Minuten meines Lebens!“

Blacky lachte. „Auf Adi den Trickser ist eben immer Verlaß!“

„Und auf euch!“ gab Adi das Lob zurück.

Tino, den schweren Steakhammer noch immer in der Hand, strahlte. „War halb so schlimm. Die Konfettibombe und Carlos Schaumspritze hatten ihn ja schon außer Gefecht gesetzt. Ich hab' da bloß noch den Schlußpunkt gesetzt.“

„An dem Schlußpunkt wird sich Lollipop aber noch wochenlang erfreuen“, meinte Blacky fröhlich und klatschte in die Hände. „Freunde, was für ein Tag!“

Und was für eine Nacht! Klicker und seine sechs Freunde waren so aufgedreht und fröhlich, daß keiner auch nur im Traum daran dachte, ins Bett zu gehen. Sie feierten noch, als schon die Sonne über Steinenbrück aufging...

Liebe Leser,
ich hoffe, dieser Krimi hat Euch gefallen, und Ihr habt mit Kommissar Klicker und seinen sechs Freunden vom *Park-Hotel* spannende und zugleich lustige Abenteuer erlebt.

Seit vielen Jahren schreibe ich nun schon für Euch, für meine Leser, und diese Arbeit macht mir sehr viel Spaß. Doch warum tauschen wir zur Abwechslung nicht mal die Rollen – und Ihr schreibt *mir*? Keine Sorge, Romane sollen es nicht werden. Ich würde mich schon über einen kurzen Brief freuen. Es interessiert mich nämlich sehr, was Euch an meinen Büchern gefällt – und was nicht. Und vielleicht habt Ihr irgendeine Idee, vielleicht fällt Euch etwas Lustiges ein, was Kommissar Klicker und seine Freunde Eurer Meinung nach mal erleben sollten.

Also, habt Ihr nicht Lust? Setzt Euch gleich hin und schreibt mir ein paar Zeilen. Ich freue mich immer sehr, wenn ich Post von meinen Lesern erhalte. Wenn Ihr möchtet, daß ich Euch antworte und/oder eine Autogrammkarte zuschicke, vergeßt doch bitte nicht, eine 80-Pfennig-Briefmarke als Rückporto beizulegen – sonst bin ich bald so arm wie eine Kirchenmaus.

Hier ist meine Adresse: Rainer M. Schröder
Gaulstraße 38
5272 Wipperfürth

Ganz herzlich

CIP-Kurztitelaufnahme der Deutschen Bibliothek

Schröder, Rainer M.:
Kommissar Klicker / Rainer M. Schröder. –
München: F. Schneider
Teilw. mit d. Erscheinungsorten München, Wien. –
Teilw. mit d. Erscheinungsorten München, Wien,
Hollywood/Florida – Teilw. mit d. Erscheinungs-
orten München, Wien, Zürich, Hollywood/Fla., USA

Bd. 10. Kennwort: Lukas Lollipop. – 1987.
ISBN 3-505-09497-8

Schneider-Buch

8000 München 46 · Frankfurter Ring 150

Titelbild/Illustration: Erich Hölle, Otterfing
Umschlaggestaltung: Angelika Bachmann, München
Lektorat/Redaktion: Sibylle Schneider-Tietz
Herstellung: Brigitte Matschl
Satz/Druck: Presse-Druck Augsburg
ISBN: 3 505 09497-8
Bestell-Nr.: 9497

Spannende SchneiderBücher von Rainer M. Schröder:

HABE ICH		WÜNSCHE ICH MIR
	Kommissar Klicker (Band 1) **Unternehmen Bratpfanne** Wenn sechs Ganoven ein Hotel eröffnen, muß ein besonders raffinierter Plan dahinterstecken . . .	
	Kommissar Klicker (Band 2) **Jagd auf blaue Blüten** Wenn sechs ehrliche Ganoven auf Gangsterjagd gehen, passieren merkwürdige Dinge . . .	
	Kommissar Klicker (Band 3) **Die Heringsfalle** Wenn sechs ehrliche Ganoven erpreßt werden, müssen sie sich schon etwas Außergewöhnliches einfallen lassen . . .	
	Kommissar Klicker (Band 4) **Geheimsache Pustekuchen** Wenn sechs Ex-Ganoven einem Gangster-Syndikat auf der Spur sind, müssen sie höllisch aufpassen . . .	
	Kommissar Klicker (Band 5) **Käpt'n Ketchup dreht ein Ding** Wenn einer der sechs Ex-Ganoven rückfällig zu werden droht, muß schon etwas ganz Besonderes dahinterstecken . . .	
	Kommissar Klicker (Band 6) **Ping-Pong in der Falle** Wenn sechs Ex-Ganoven freiwillig wieder ins Gefängnis gehen, muß das schon einen ganz besonderen Grund haben . . .	

Gib diesen Wunschzettel Deinen Eltern oder Großeltern oder allen, die Dir gerne eine Freude machen wollen.

HABE ICH		WÜNSCHE ICH MIR
	Kommissar Klicker (Band 7) **Alles im Lot auf der „Morgenrot“** Wenn sechs Ex-Ganoven auf einem Mississippi-Dampfer anheuern, dann kann das üble Folgen haben . . .	
	Kommissar Klicker (Band 8) **Der Gurken-Gangster** Wenn ihr bester Freund in Gefahr gerät, dann sind die sechs Ex-Ganoven aufs höchste alarmiert . . .	
	Kommissar Klicker (Band 9) **Das Omelett-Komplott** Wenn es den sechs Ex-Ganoven nicht gelingt, den wahren Täter zu finden, dann ist einer von ihnen dran . . .	
	Kommissar Klicker (Band 10) **Kennwort: Lukas Lollipop** Wenn ausgerechnet ein Kommissar hinter Gitter kommt, dann ist für die sechs Ex-Ganoven eines klar: Da ist was faul . . .	
	Kommissar Klicker (Sammelband: enthält die Bände 1, 2, 3 und 4) **Haftbefehl für eine Torte** Wenn ein Kommissar mit Glatze und glasklarem Verstand mit sechs Ex-Ganoven zusammenarbeitet, dann vergeht so manchem Gangster das Lachen . . .	

Gib diesen Wunschzettel Deinen Eltern oder Großeltern oder allen, die Dir gerne eine Freude machen wollen.